新潮文庫

魔女推理

きっといつか、恋のように思い出す

三田誠著

新潮社版

11836

contents

きっといつか、恋のように思い出す

【魔女推理】

Lying Witch Murders II

Ice cream reminds
me of you

第一話

魔女の残影

思い出すのは、いつも汚れた橋の下。

めいめいに走った、自分たちの瞳《ひとみ》にだけ映る競技場《スタジアム》

たった十数秒に、青春を圧縮するのだと決めた——

——残酷すぎて忘れられない、幼い日の、夢の残骸《ざんがい》。

一

季節は秋。

なのに、僕の脳裏《うちがわ》で再現されたのは、強烈な夏の日差しだった。

まばらな観客席のざわめきと、けたたましいほどの蟬《せみ》の声。そのどちらからも競技場のトラックは隔絶している。選ばれた人々がめいめいに軽く身体《からだ》を動かし、ゆっくりと同じクラウチングスタートの姿勢を取る。

スターターピストルの砲音。

一斉に飛び出す選手たち。

ひとりだけ違う生物だと、すぐに知らされる。

ピストルが鳴った直後、ぐいぐいと引き離していく背中。異様に広い歩幅《ストライド》で、しかし不安定さなど欠片《かけら》もない。鍛え上げられた走者の全身は、しなやかな鞭《むち》のように連動し、一歩ごとに別の世界へと跳躍《リープ》する。

荷稲《かいな》修《おさむ》は、そんなスプリンターだった。

薄情な僕は、たった一度競技風景を見たきりなのだが、それでも意識にくっきり焼き付くほど印象的な姿であった。隣町とはいえ、同じ田舎の高校でインターハイ一歩手前まで行ったそうなのだから、もうちょっと関心を持っても良かっただろうと、自分の協調性のなさに嘆息するしかない。

目立つのが嫌なら、もうちょっと他人の情報に興味を持つべきで、話題のすり合わせや興味の配分にきちんとコストをかけるべきなのだ。

数秒だけ反省したところで、

「拓海《たくみ》、聞いて、る？」

いつもの独特な口調で、くのりが問いかけてきた。

「……ごめん、聞いてなかった」

「ははは。君たちは相変わらずだな」

斜め前の先輩が笑う。

前の季節を思い出したのは、彼のせいだった。

荷稲の背中を追っていた中で、ひとりだけ諦《あきら》めていなかった横顔を覚えている。

今の朗らかな笑顔からは想像もつかない、何もかもが腹立たしくてたまらないといった顔で、荷稲の背中を睨《にら》みつけていた選手。もしも追いついたなら、彼は先頭の選手を殺してしまうんじゃないかとすら思った。

七尾《ななお》寛司《かんじ》。

先月引退した、我が陸上部の元部長。

「悪いな、薊《あざみ》。隣町の学校にまで付き合わせて」

「いいですよ。先輩にはよくしてもらいましたし」

付き合いの悪いくのりが、いつものように周囲とぶつかった際、先輩にとりなしてもらったことがあったのだ。

もっとも、くのりの方が恩義を感じているのかは分からない。世界から三センチ剝《は》がれているような彼女の考えは、僕にも判じがたいのだった。

「うん」

ひとつうなずいてから、七尾先輩は続けた。

「檻杖《おりづえ》さんは、誰が死んだの、って尋ねてたよな」

「そう、よ」

「先月だ」

と、先輩は口にした。

「先月、幼なじみだった荷稲修が、死んだんだ」

七尾先輩が、遠い目をした。

静かな表情なのに、どうしてだろう。

僕は、あのときの、怒りで人を殺してしまいそうな先輩の横顔を思い出していた。

二

落ち葉が吹き込み、放課後のグラウンドに白く砂が舞った。

夕暮れ時に流れていくそれは、蜃気楼《しんきろう》の白い波のようにも見えた。

本来なら、それこそ陸上部や野球部が練習していそうなものなのだが、今日はお休みらしい。時々校舎の方から歩いてきた生徒が、制服が違う僕らをちらっと見て、校門に歩み去っていくばかりだ。

椎名《しいな》高校。

荷稲修の通っていた高校を、僕たちは訪れていたのだ。

「幼なじみ、だったんですか」

「まあ、似たようなものでさ」

と、七尾先輩は鼻の頭を掻《か》く。

それから、

「お前らさ、オカルトに詳しいんだろ？」

振り返って、口にした。

気軽に言った感じだったが、声の底に隠しきれない真剣さが滲《にじ》んでいた。そうでなければ、僕らを呼び出したりはしないだろう。

真剣だからこそ、僕の方も訂正せざるを得なくなった。

「どういう誤解でそうなったかは分かりませんが、僕らは格別オカルトに傾倒してるわけじゃないですよ」

厳密に言えば、くのりは相当詳しいわけだが、そのあたりを話し出すとややこしくなりそうなので割愛する。少なくとも、傾倒していないのは本当だし。

「それでも、シスターの事件とかを解決したのは本当なんだろ」

食い下がった七尾先輩の単語で、情報の経路は理解できた。

天音《あまね》瑞季《みずき》というシスターと、彼女の飼っていた犬の事件に、少しだけ僕らは関わった。そのあと、かのシスターは我が校の授業にも出入りするようになっていたのだから、七尾先輩と接点があっても不思議ではない。

「解決というか、勝手にかきまわしただけですけどね」

　正直なところを言うと、七尾先輩の角刈りの頭が縦に動いた。

「それでいいんだ。俺が納得いかないだけなんだから。……ああ、このひっかかりを、ちょっとでも消してしまいたいだけなんだ」

喉《のど》に詰まったものを押し出すように、先輩が言う。

　それから、グラウンドを指したのである。

「ここにさ、あいつの幽霊がでるっていうんだよ」

「幽霊ですか」

「ああ」

　と、七尾先輩がうなずいた。

「部活も終わった夜中に、走っているランナーの幽霊がいたっていうんだ。それも一度だけじゃなくて、二度、三度とそういう声があがった」

「それって陸上部の特訓とかじゃなくてですか」

「もちろん最初に確認した。だが誰もいなかった。こっそり特訓してるやつとかもいない。だいたい、深夜に陸上の練習とか危ないったらありゃしないだろ」

言われてみれば、そうだ。

人間の限界近い速度で全力疾走するわけだから、暗闇《くらやみ》での特訓などリスクの塊、百害あって一利なしというところだろう。

ひっそりとしたグラウンドに、幻を見たように思った。

ほとんど明かりもない夜中に、トラックを走る人影。

その走りが速ければ速いほど、人間離れした印象は強くなるだろう。本当にそんな幽霊がいたとしたら、だが。

「それに、深夜は校門が閉まってるんだ。関係者じゃなければ出入り禁止。俺たちだって、陸上部の知り合いに無理言って入れてもらってるんだから」

「まあ、それはそうですね」

学校というのは、ある種の結界じみたところがある。

生徒の立場だとあまり感じないが、異物の存在を許さない特殊な空間だ。実際制服が違うだけで、物珍しげに視線を投げかけられるところからも明らかだろう。だからこそ、学校の七不思議とかも生まれるわけだが、天才スプリンターの幽霊なんてのも、意外と普遍的なパターンなんだろうか。

そこで、

「……ここじゃ、ないでしょ」

と、くのりが声をあげたのだ。

七尾先輩が、くいと男らしい眉《まゆ》を片方つりあげた。

「何のことだ？」

「荷稲っていう人が死んだ、のは、ここじゃない、でしょ？」

「知ってたのか」

くのりの整った顔を、七尾先輩が見つめた。

「知らない。でも、ここで死んでない、だけは、分かる」

「なんだそれ」

「食べられるって、聞いて、ここに来たん、だもの」

「——すいません。先輩、事故の現場に案内してもらえます？」

ややこしくなりそうだと思って、口を挟む。

少しだけ時間をおいてから、

「分かった。連れて行こう」

そう言って、七尾先輩は踵《きびす》を返した。

＊

七尾先輩が歩いていったのは、商店街だった。

まだ六時を過ぎたばかりだが、多くの店がシャッターを下ろしたままの……いわゆるシャッター街である。この田舎でも、かつては賑《にぎ》わっていたことがあるのだろう。

電気店のシャッターに描かれたテレビが、分厚いブラウン管の代物《しろもの》で、当時の熱気をほんの少しだけ偲《しの》ばせていた。

ただし、今一番目立っているのは、そういう物寂しげな光景ではない。

商店街の角にあたる、比較的大きなスーパーだ。

その壁に、まだ陥没した跡が残っていた。

近くの電柱がくの字に折れ曲がっており、一部撤去されたガードレールの破壊痕《こん》からも、事故の凄絶《せいぜつ》さが窺《うかが》われた。

「車だったんだっけ」

「居眠り運転のトラックだよ。運転手にも身寄りなしで、派遣会社の社長が謝罪して終わりだとさ」

七尾先輩の口調には、いまだ風化しきっていない感情が燻《くすぶ》っていた。

ありふれた事故のため、事件性はないと見られたらしい。

きっと、世界のあちこちでよく似た事件は起きているのだろう。納得できる理由なんてなく、単に不運だったというだけで葬《ほうむ》られていく、多くの人々。僕がそのひとりに加わらなかったのも、単に幸運だったからというだけなんだろう。

未来を嘱望《しょくぼう》されたスプリンターだろうが関係なく、ちょっとした運のふるいわけで、こうして取りこぼされる。

なんて、無意味。

なんて、無価値。

なんて……平等なんだろう。

足元がぐらぐらするような、情けない安心感を僕は得ていた。それなら仕方ない、というのは誰に対する言い訳だろう。

「拓海」

短く、少女が名を呼んだ。

彼女の吐息が、熱く濡《ぬ》れているのを感じた。

あ、と思うより先に、その場でくのりがしゃがみこんだのである。

「え、おい」

「すいません。好きにやらせてください」

止めようとした先輩に割り込んで、僕はくのりを見守った。

本当は、こうなる前に先輩を帰してしまいたかったのだが、流れで始まってしまったのは仕方ない。少々おかしな相手だと思われても、ここで止めてしまうよりは、強行してしまった方がまだマシだ。

ちろり、とくのりの赤い舌が覗《のぞ》いた。

口付けするように、ひびわれた壁へと唇が重なり、そのまま少女の身体がガクガクと震えた。腹の中に収めた蛇か何かが、暴れまわっているみたいにも見えた。

「檻杖?!」

動揺した七尾先輩が駆け寄ろうとして、その前で、くのりが夕空に口を開いた。

その内側から、こんな言葉が吐き出されたのだ。

「駄目だ」

低い、男の声音だった。

明らかに、普通ではない感情がこもっていた。死を前にした感情。信じられないという感情。理解は一拍遅れてやってきて、くのりの内側を喰らい尽くす。

「駄目だ駄目だ駄目だ駄目だ熱い痛い熱い痛い熱い痛い痛い痛い痛い痛い足が痛い腹

が痛い顔が痛い手が痛い足が手が顔が手が手が手が手が手が」

　目の粗いヤスリにでもかけたかのような、少女の声帯から発するとは思われない陰《いん》鬱《うつ》な響きが、秋の夜気に流れたのだ。

　やがて、それも薄れて、

「……なんで」

　と、諦めたような口ぶりに変わった。

「なんで、俺が」

　まるで消えかけの蠟燭《ろうそく》みたいな、ひどくか細い声音。

　風が吹く。最後の熱も奪われ、痩《や》せ細った最後の単語が唇から押し出される。

「……母さん……」

　驚くほど、素朴な単語。

　しかし、その言葉はこんな風に続いたのだ。

「母さんが……死ぬ……」

　七尾先輩が、息を飲む。

　そして、それきりで途絶えた。

　ゆっくりと顔を持ち上げ、

「……薄、い」

と、くのりが唇を尖《とが》らせたのである。

痛みを紛らわせるように、上腕のあたりをさすりながら、続ける。

「……もう、薄まってる。即死だと、あまり残らない、ものだけど。この人、本当に、ここで死んだ、の？」

不満げなくのりの言葉に、七尾先輩は今度こそたまらず口を挟んだ。

「おい、それ、どういうことだ。お前、何を言ってたんだ？」

「今のが、くのりの特技というか、体質みたいなものなんですよ」

正直に、僕が打ち明ける。

どの道、くのりの実家について調べれば、この手の怪しげな記録はあれこれ出てくる。いざというときのためにも、先輩には打ち明けておく方が安全だろうと判断したのだ。

「体質ってなんだよ」

「つまりはほら、イタコの口寄せとか、そういうやつ」

「……なるほど」

実際、先輩は動揺を呑《の》みこむように、口元を押さえた。

もとより、オカルトに詳しいからと僕らを頼ってきたのだから、霊感か何かぐらいはあると考えていたのだろう。僕とくのりのやりとりは時々見ていたわけで、だからこそ合点がいく部分があったのかもしれない。

「だけど、今のは変だろ。なんであいつの最後の言葉が、母さんが死ぬ、なんだよ」

確かに、噛《か》み合わない。

噛み合わないからこそ、僕も七尾先輩も嫌な想像をせざるを得なかった。

スプリンターの幽霊。

母の死を告げる、末期《まつご》の言葉。

不吉な連鎖からの想像を言葉にするより早く、くる、と少女が踵を返した。

「くのり」

「食べ終わった、から」

まったく取り付くしまもなく、少女は夜の闇より黒い髪をなびかせ、茫然《ぼうぜん》とした僕たちをおいて立ち去ってしまったのであった。

三

翌日の放課後。

夕暮れに、金属の擦《こす》れ合う音が響いた。

シャキン、シャキン、とそのたびに僕の指に心地よい震えが届く。美容鋏《ばさみ》が黒い髪を断ち切っていく音だ。ほんのわずか毛先を整えているだけだが、足元に落ちていく黒髪はまるで床を染めていくように思えた。

月に一度、僕は放課後の美術室で、こんな風にくのりの髪を切っている。もっと頻度を上げて欲しいと彼女から訴えられてもいたが、これ以上は髪を傷《いた》めるからと、僕の方が断っているのだった。

シャキン、シャキン、シャキン。

シャキン、シャキン、シャキン。

半端《はんぱ》に慣れた僕の指と鋏は、ほとんど無意識に動いた。

窓から差し込む赤い光と、目の前の黒い流れとがまざりあって、この世のものではないようにすら思われた。時に髪の間へ櫛《くし》を梳《す》き入れ、時に指先で流れを修正するうちに、ゆっくり僕たちの影が長くなっていく。

そうしながら、タイミングを見やって切り出す。

「昨日のことは、どう思った？」

「別に。謎《なぞ》に興味は、ない、わ」

くのりは、そういう相手であった。

探偵でもなければ、ミステリ趣味があるわけでもない。彼女は死を食べられればそれでいいのだ。

だからこそ、あの場でもあっさり立ち去ったわけだが、取り残された僕たちこそ、いい面《つら》の皮ではあった。

「でも、おなかはすく、もの」

「そうだね」

生理現象には逆らい難い。

しかも、ただの病死や老衰では彼女の舌に合わないらしく、結果として、こうした奇怪な事件に関わることとなっているのだった。僕もそれについていっているのは……まあ、みっともないが、金魚のフンのようなものだ。七尾先輩に語ったように、僕らは事件を引っ掻き回すだけの存在なのだった。

「だったら、僕が勝手に喋《しゃべ》るよ」

鋏を動かしながら、僕が言う。

くのりも別に文句は口にしなかったので、そのまま言葉を連ねる。

「事件は単純で、七尾先輩が話していた通り。居眠り運転のトラックの事故で、荷稲修さんが轢《ひ》かれてしまった」

当時は、わりと話題になっていた。

少し離れた街の事件でもあり、こちらには直接影響がなかったが、それでもしばらく学校のみんながあれこれと話していたものだ。被害者の荷稲修がなかなか目立つアスリートだったからだろう。

将来を嘱望されたスプリンターの夭逝《ようせい》、という悲劇。

インターハイにはあと一歩で届かなかったそうだが、出場していれば全国区までニュースが広まったかもしれない。

「幽霊の噂《うわさ》が流れたのは、そのすぐ後で、一ヶ月半前ぐらい」

これも、七尾先輩が言った通りだ。

スプリンターの亡霊がでる、と。

あれから、何人かに確認してみたが、おおよその情報は一致していた。真夜中に椎名高校のグラウンドを走るスプリンターが出る。陸上部に問い合わせても、そんな生徒はいない。しかし、トラックを駆け抜ける走者の姿は素人《しろうと》とは思えぬ鮮やかさで、自然と荷稲修の亡霊と呼ばれたのだ、と。

「誰かが顔を見た、わけじゃ、ないのよね？」

「うん。だから、荷稲修っていうのは、その時期に死んだスプリンターとして名前があがっただけだね」

　時期の一致。

　人間というのは、より面白いストーリー《つじつまあわせ》に引っ張られるものだ。幽霊っぽい何かが出るという噂から、ひょっとして最近死んだ不世出のスプリンターでは、という結論に誘導されるまで、さほど時間はかからなかっただろう。

　少なくとも、安直な仮説としては成立している。

　くのりも、反論を申し立てようとする気配はなかった。

「人は、いろんなところに、神秘を見る、わ」

「神秘？」

「理解できない、ものは、神秘。そういうふうにくくって、私達は納得、する。雨が降らないのは、神の、せいとか。生贄《いけにえ》を捧《ささ》げれば、いいとか」

　なるほど、そういうものかもしれない。

　この場合、知らない走者を亡霊と名付けることで、僕らは納得したわけか。

「学校の七不思議、とか、だいたいそう、でしょ？　実際に七つかどうかにもこだわら、ない。それでも七不思議、とくくったことで、私たちは安心、する」

　くのりの声が、散らばった髪の上をつるつると滑っていく。

　夕映えと髪の色で、赤と黒に塗り分けられた床を、さざ波みたいに。

　当たり前だが、荷稲修の死を喰らったときとはまるで別物だった。独特な途切れ方をしていても、くのりのそれは、僕の耳によく馴染《なじ》んだ。

「だから、オカルトを、隠微学なんて名でも、呼ぶわ。見えないものを、隠されたものを、学ぶ、から」

　見えないもの。隠されたもの。

　まさしく、彼女が喰らう死とはそれだろう。

　僕にしたところで、きちんと理解できているわけではない。

（……でも）

　この瞼《まぶた》から、離れないものがある。

　埃《ほこり》っぽい教室で、蜘蛛《くも》の巣のように広がった黒髪。白蠟よりもよほど色を失っていた幼い顔。目を閉じれば、くっきりと蘇《よみがえ》ってしまう原風景。

　たとえばそれは、あのスプリンターの走りのように。

「拓海？」

「なんでもないよ」

と、僕はもう一度首を横に振る。

黙ったまま髪に触れていると、彼女の方から促してきた。

「さっきの話の続き、は」

「興味がないんじゃなかった？」

「拓海の声が、聞ける、でしょう？」

照れも駆け引きもなく、夜は暗いものでしょうぐらいの当たり前さで言うのだから、くのりはずるいと思う。

胸のうちで、かすかに揺れた鼓動なんて、知るはずもない。

小さくため息をついて、こちらから尋ねてみた。

「だったら、くのりはスプリンターの幽霊って、なんなんだと思う？」

「ひと、つは悪戯《いたずら》」

まあ、僕も、おそらく七尾先輩も最初に考えた答えだ。

誰かが思いついた悪ふざけ。無論、他人の死を茶化すような行為は不謹慎そのものだが、そんな指摘に何の痛痒《つうよう》も感じない人間は多いだろう。むしろ、不謹慎で人の興味を惹《ひ》けばこそ、噂は広がっていくのだから。

「でも、それだと面白くない、わね」

「面白いとか面白くないとかじゃないだろ」

一応穏当な僕の返しを無視して、くのりは目をつむる。

「ほか、は……」

「ほかは？」

「必然」

奇妙な言い回しだ、と思った。

くのりの中に、何かしらのカタチがすでに存在しているような。

「ひょっとして、想像がついてる？」

推理しても無駄だろう、と僕は素直に聞いた。くのりが味わった死にヒントがあったなら、それは他人が想像できるようなものではない。

「………」

少しの間黙ってから、くのりは白い人差し指をあげた。

「拓海でも、簡単な手がある、わ」

さも当然でしょう、とばかりに、少女は口にする。

「荷稲修の家に、行ってみる、のよ」

＊

休日の寝ぼけたような光の中に、平凡な一軒家が佇《たたず》んでいた。

荷稲修の住居であった。

古い住宅地で、並んでいる家のほとんどは数十年変わってないように見える。この田舎では、やってくる人間は極めて少ないのだから、当然だろう。

適切な時期の壁塗りを放置したのか、モルタルのあちこちにひび割れができている。運が悪ければ、雨漏りを起こしそうで、ひやひやしてしまう。

その家の前で、七尾先輩が僕に尋ねた。

「檻杖さんは？」

「私は用がないからって」

興味があるのは拓海と七尾さんでしょう、と実に冷たく、いつものたどたどしい口調で言われたのだった。

「そうか。手伝ってくれて、俺が感謝していたと伝えてくれ」

と、先輩は生真面目《きまじめ》な顔でうなずいた。

こういうあたり、なんともアナクロに男らしい。

だからこそ、部活の後輩たちにも人気があり、いくらか借りがあるとはいえ、僕も珍しく手を貸そうという気になったわけだが。

少し躊躇《ためら》ってから、先輩がチャイムを押したが、鳴らなかった。

「壊れてるのか」

三度押して、諦める。

仕方なく、玄関の扉の方を叩《たた》いた。

今度も返事はなかったが、我慢強く、柔らかく二度ずつ拳《こぶし》で叩く。けして敵対的な相手ではないと、落ち着いた音で意思表示しているようにも思えた。

その効果があったのか、やがて、おずおずと扉が開かれた。

疲れた感じの、五十そこそこと思《おぼ》しい女性が、扉の隙間《すきま》から顔を出したのだ。

「修のお母さん」

「……七尾くん？」

と、女性が先輩の顔を見て、疑問符付きで言う。

すぐ、七尾先輩が二度うなずくと、相手は淡く笑った。

「大きくなったのね。見違えちゃった」

よそよそしく、どこか遠くでも見るように目を細めて、それから僕の方を窺った。

「後ろの子は、ひょっとして七尾くんの後輩？」

「はい。……あの、遅くなりましたが、修の焼香をさせていただけないでしょうか」

「もちろん。入って」

扉を開けて、母親は僕たちを招き入れてくれた。

家の内側は、いささか埃っぽかった。

廊下に雑然とものが置かれていて、何かと危なっかしい。ゴミ袋を放置してるというほどではないが、足の踏み場が微妙に狭苦しい。母親は申し訳無さそうな顔で、奥まったダイニングへと僕たちを案内した。

途中の階段の手前で、ふと立ち止まった。

僕が視線を投げかけているのに気づいて、母親は乾いた愛想笑いをこぼした。

「悟《さとる》は、昔と同じだから」

「……それって」

七尾先輩に耳打ちすると、すぐ囁《ささや》きが戻ってきた。

「……想像の通り、引きこもりだよ」

引きこもっている、という言葉を母親が使わなかったのは、彼女にとって、ある種の禁句になっているのだろう。あるいは、その現実を口にして認めたくないという心理だろうか。

「父親は、確か、早くに蒸発したんだ」

だから、先輩もすぐに訪ねる気にならなかったのか。

なんとなく、天才スプリンターの生活が垣間見《かいまみ》えたように思えて、気が塞《ふさ》いだ。かえって、くのりが来なかったのは良かったかもしれない。彼女がどんな突拍子もないことを言い出すか、僕にも想像できたものではなかった。

仏壇はなかったが、代わりに骨箱と香炉が、ダイニングの隅に置かれていた。

手を合わせて、焼香を済ませると、母親がお茶を持ってきた。

出がらしのように思えたが、先輩は「美味《おい》しいです」と笑顔とともに一息で飲み干してから、

「修は……すみません。いまさら掘り起こしてしまうようなんですが、事故までは元気にやってましたか」

　と、尋ねた。

「そうね。突然過ぎて、まだ信じられない。今にも、玄関からただいまって帰ってきそうな気がするわ」

　やつれた顔で、母親が微笑した。

以前はもっと若々しい女性だったのではないか、とふと思った。五十そこそこという第一印象だったが、実際は十歳近く若いかもしれない。十年の歳月を一気に彼女へ降りかからせたのは、やはり息子の喪失だろうか。

（……この女性《ひと》が、死ぬ？）

あの唐突な、最後の言葉の意味。

それは、自分を失った母を案じてのことなのだろうか。

「でも、修のことなんて、七尾くんの方が知ってそうなのに」

「俺は、走るところしか見なかったですから」

七尾先輩の視線が、テーブルに落ちた。

木製のテーブルは、あちこちが傷だらけで、こぼれた食事や飲み物と思しいシミで汚れていた。こぢんまりとしていて、体格の良い七尾先輩が席につくと、どこかミニチュアめいても見える。

「修は、いつもあなたの話をしてたわ」

と、母親が口にした。

「今日は自分が何回勝ったとか。走りすぎて、靴が破けたとか」

「今走ったら、全敗ですよ」

「まだ陸上部なんでしょう？」

「だから分かります。修は天才でした。俺じゃかないません。なのに……」

そこまで言ったときだった。

ドン、と荒々しく踏みつけるような音が、天井からしたのだ。

途端、母親が表情を変えた。

「ごめんなさい、ちょっと」

と、慌《あわ》てて席を外す。

ぱたぱたと背中が離れていったところで、僕は七尾先輩のほうを向いた。

「幼馴染《おさななじ》みとは聞きましたけれど、荷稲さんは先輩にとってそんなに特別だったんですか」

「ちょっと、な」

先輩の眉間《みけん》に、皺《しわ》が寄った。

そんな皺が似合うような年齢じゃないのに、この先輩がやると哀愁とも切実ともつかない味が出る。女子に人気が出た理由であろう。

ごつごつした指でテーブルの表面を撫《な》でながら、

「近くに橋があるんだ」

と、思い出したように言った。

「河川敷が広くて長いんだ。ゴミも多くて、ちょっと臭いから、大人はほとんど近寄らない。おかげで、俺たちにとってはいい遊び場だったよ」

「遊び場？」

「修とのだよ」

七尾先輩の二本の指が、走る指人形みたいになって、とてとてとテーブルをタップした。

単なる指先の運動なのに、なぜだかモデルにした相手の特徴が透けて見えた気がした。一度目のちょっとまごつきながらも懸命な足取りはきっと幼い頃の七尾先輩で、二度目のきっぱりとした走法は荷稲修のものだろう。

光る水面。

橋の下の、ゴミだらけで不安定な地面を、気にもせず駆けていく少年たち。

「別に、なんでもよかった。ただボール遊びだと川に落ちそうだったし、カードゲームは性に合わなかった。だから、たまたま俺たちが選んだ遊びが、走ることだった。でもさ、小学校の頃は、足の速いやつって人気あるだろ。修もそれでさ。とっかえひっかえ、いろんな人と走ったもんだ」

　おかしそうに、七尾先輩が笑った。

　普段と少し違った笑顔に見えた。どこかはにかんだような、幼い顔。

　それから、ふと付け加えた。

「弟の悟も、あの頃はよく混ざってたな」

「一緒に？　同じぐらい速かった？」

「いいや。その点ではあまり似てない兄弟だった」

　かぶりを振った先輩は、もう一度指を動かし始めた。

「見る間に、修は速くなっていったよ」

　きびきびとした二本の指から、前よりもぐっと速くなった荷稲修が見えるようだった。もはや走る場所は橋の下ではない。輝く太陽の下で、トラックを堂々と駆け抜ける覇者。

　昨日よりも今日、今日よりも明日速くなっていく、理想のスプリンター。

「そのうち修の噂を聞きつけて、スカウトなんぞもやってきて、あっという間に陸上のホープなんぞになりやがった」

　七尾先輩が目を細める。

　今でも、七尾先輩は橋の下を走っているつもりかもしれない、とふと思った。

同じ橋の下で走って、同じように地方陸上では讃《たた》えられたふたり。

「でも、先輩は……」

と、言いかけたときだった。

「悟！」

そんな叫びと、突き飛ばすような音が聞こえたのだ。ついで、何かが階段を落ちて、肉と床とが相打つ音。

顔を見合わせることもせず、僕と七尾先輩は椅子《いす》を立った。

駆けつけると、階段の下で、荷稲の母親が床に尻餅《しりもち》をついていた。

「大丈夫。大丈夫だから」

痛みを堪《こら》えて笑いかけるが、すぐに立てないことは明らかだった。

階段の上で、薄く扉が開いている。

「開けるなって言ったろ」

扉の陰から、もごもごと不明瞭《ふめいりょう》な声がした。

「……荷稲悟」

階段越しではあったが、扉の隙間から覗いた顔は、大きな痣《あざ》が喉元から頬を覆《おお》っていた。

背は曲げており、卑屈そうに首を縮めている。いかにも不健康そうな、スポーツマンとは対極に位置するような印象だった。

「……帰れ」

再び不明瞭な口調で言って、強く扉を閉じたのだ。

七尾先輩が、階段を踏み出した。

「悟、お前」

「いいんです」

と、二の腕を押さえて、母親が引き留めた。

「私が悪いんです。つい嬉《うれ》しくなって、うるさくしてしまったから」

だったら、僕たちも同罪じゃないかと思ったが、そんなことを指摘しても、この女《ひ》性《と》を困らせるだけだろう。

飲み込んで、僕はもう一度階段を見上げる。

かたや、不世出と持て囃《はや》されたスプリンター。

かたや、ずっと自分の部屋を出られないひきこもり。

天才の兄が死んだ今、取り残された弟がしんどくなるのも仕方ないかもしれない。

他人の気持ちなんか、分からないけど。

（……それとも）

ふと、思った。

くのりが薄いと評した死の味には、弟と母を残してしまった兄の無念も滲《にじ》んでいたのだろうか、と。

死は苦かったか。辛《つら》かったか。

あるいは、後味も残さず、儚《はかな》く消えるような甘さだったのだろうか。

＊

ごめんなさいね、という母親の言葉を背にして、僕たちは家を離れた。

秋の風が頬をなでた。

背筋を伸ばして、七尾先輩が大きく息をつく。

「結局、幽霊については分からなかったな」

くのりの助言も空ぶった形だ。

「すみません」

「いや、かまわないさ。あんな言葉もあったから、お母さんのこと心配だったし。また様子を見に来るよ」

柔らかく笑った先輩の声は、少しだけさっぱりしていた。荷稲の弟と母親の関係は気にかかるにせよ、先輩なりに気持ちの向け方を決めたのかもしれない。

異変があったのは、家を出て、少しした頃だった。

曲がり角で、待ち構えていたように、とある人影が通せんぼしたのだ。

「お前ら、荷稲に用があるのか」

寸詰まりの男子生徒だった。

どんぐりを思わせる顔をしていて、潰《つぶ》れたにきびが痛々しい。ジーンズ越しにも太ももがぱんぱんに膨らんでいた。鍛え抜いた体だということは嫌でもわかる。僕よりも一回り大きな男子が、ぎゅっと圧縮されたような印象があった。

「やっぱり、七尾か」

と吐き捨てるように口にした生徒に、七尾先輩は軽く瞬《まばた》きした。

「橋田《はしだ》」

「知り合いですか、先輩」

「橋田耕《こう》。修と同じ陸上部の部員だよ」

僕の質問に、先輩が答える。

すると、橋田と呼ばれた寸詰まりの生徒は、ちっと舌打ちした。

「部活はやめた」

「どうしてだ？　まだ引退には少し早いだろ」

「なんで、そんなの続ける必要がある。俺らは三年で、荷稲はいなくなった。後輩どもに手取り足取り教えてやるほど、親切な性格に生まれちゃいない」

橋田は、まるで喧嘩《けんか》でもふっかけるみたいに、先輩を睨《ね》めつけている。

三白眼には妙な迫力があった。そこらのヤンキーなら一瞥《いちべつ》で道を譲りそうというか、むしろこの相手が陸上部員という方が、なかなか意外性のある組み合わせだ。

「修は――」

言いかけた先輩の機先を制して、橋田がこう言ったのだ。

「幽霊、だろ」

その台詞《セリフ》に、僕らは一瞬硬直した。

反応に満足したのか、薄い唇をひんまげて、橋田はぐいと自分の胸元を指す。

「荷稲の幽霊を見たのは、俺だ」

「お前だって？」

七尾先輩の眉があがった。

「多分、最初の方に見たと思うぜ。黙っていたやつらもいただろうが、少なくとも噂が流れ始めるよりは早かった」

ゆっくりと先輩の表情の変化を窺《うかが》うように話し、橋田はふふんと鼻を鳴らす。

「今更、お前がうちの高校までのこのこやってくるってことは、やっぱりあれが気になったんだな？」

「……どこから、見てたんだ？」

「わざわざ隣町の陸上部から、グラウンドを見学したいって申請を出したら、俺の耳にだって入るさ。お前だって荷稲と同じぐらいには有名人だって分かってないのか。うちの陸上部にはファンもいたんだぜ」

「残念だが、俺もインターハイには出られず仕舞いだ」

「無様だったな。小学生の頃の方が、よほどまともな走りをしてた」

嫌味たっぷりな橋田の言葉に、今度の先輩は表情ひとつ変えなかった。

「それより、さっきの幽霊のことを教えてくれ」

「走れよ、七尾」

まるきり無視して、橋田が言う。

口中にたまった唾《つば》とともに、続く台詞を吐き出したのだ。

「インターハイの後も、トレーニングは欠かしてなかったんだろ。筋肉《にく》に張りがあるし、立ち方が変わってねえ」

「癖になってたからだよ」

「ごちゃごちゃ言うな」

ぐいと近寄った橋田が、七尾先輩の服の、腹のあたりを摑《つか》んだ。

「勝てば、話してやるよ。それでいいだろが」

四

昨日も見たグラウンドは、ゆっくり飴色《あめいろ》の光に浸されていった。

使用申請は橋田の方で出したらしい。まっとうな申請というよりは、陸上部の部員として勝手に僕らを連れてきただけのようだったが、とりあえず文句を言ってきそうな相手はいない。これも田舎ゆえの適当さではあるだろう。

トラックの上で、ふたりとも黙々とストレッチをこなしていた。

七尾先輩は腕や足、腰と全身をバランス良く、橋田はねちっこく下半身を何度も曲げたり伸ばしたりしていた。こういうところにも、性格があらわれるものらしい。

ぐい、ぐい、と憎らしい仇《かたき》を折り曲げるようにしながら、

「俺は、ずっと二位だった」

ぽつり、と橋田が漏らした。

「こんな田舎だ。陸上部の二位になんか何の価値もねえ。それでも一位にはなれなかった。あいつがいたからな」

あいつが誰のことかなど、言うまでもあるまい。

ここにも、荷稲修を追っていたものがひとり。ぐい、ぐいとまた憎らしい相手を踏みつけるみたいに膝《ひざ》を踏ん張って、それからこちらを一瞥した。

「ピストルはてめえでいいだろ」

渡されたスターターピストルはプラスチックで、おもちゃみたいな形なのに、妙に重かった。

「経験がないんですが」

「いるか、そんなもん。小学校の競走と一緒だ」

吐き捨てるように言って、先に準備していたスターティングブロックに足をつけた。

七尾先輩も、それにならった。

「橋田」

言いかけて、かぶりを振った。

「いや、やっぱりいい。走った後に聞くよ」

「余裕かましてんじゃねえ」

歯を剝《む》き出して、それきりでふたりとも沈黙した。

夕闇《ゆうやみ》に、ぎしりと見えない何かが押し込められたようだった。ふたりの間に張り詰めた空気に、僕まで息苦しくなってしまう。

ぐい、とふたりの身体《からだ》が前傾する。

筋肉が蠕動《ぜんどう》し、その瞬間を待ちわびる。

まるで別の生物に変わったかのように、気配からして変異する。

凄絶な緊張感に耐えられず、声をあげてしまった。

「位置について」

自分が、こんな言葉を口にすることがあろうとは。

真《ま》っ直《す》ぐにスターターピストルを持ち上げ、片手にはストップウォッチ。小学校の先生みたいだなんて浮ついた感想は、ランナーたちの真剣さの前に殺されてしまった。

深呼吸をひとつして、ピストルの引き金に指をかける。

「用意」

ぐっ、と指を引いた。

号砲。

刹那《せつな》、弾《はじ》かれるように、ふたりが飛び出した。

ほんのわずか、橋田が先行。

壁を突き破る戦車のごとき猛進。対して、七尾先輩の走りは堅実で端正なフォームで、ぴたりと橋田の斜め後ろにつけていた。

どちらも驚くほどに速い。

同じ人間と思えないぐらいだ。そんな感想を思い浮かべる内に、あっという間に三分の一ほどを走り抜ける。

そのためにつくられた、と見紛うほどのふたり。

対照的なランナーは、かたや鋭い疾風のように、かたや猛々《たけだけ》しい嵐《あらし》のように、黄昏《たそがれ》のトラックを駆け抜けていく。

だが、半ばほどで七尾先輩が抜き返してから、急に差がついてきた。

（七尾先輩は、ずっと走っていた）

夏が終わってからも、ずっと。

でも、それはきっと橋田も変わるまい。だったら、この差は単なる身体性能《さいのう》の違いなんだろうか。互いに同様の努力をしたからこそ、明確に浮かび上がってしまう資質の差。

ずるずる、と橋田が遅れていく。

目を覆いたくなるほどに、フォームが崩れていく。

それでも、七尾先輩の表情は引き締められ、橋田はしゃにむに追いすがる。傾いていく秋の光を受けて、トラックを走っていくふたりは、そういう風に切り抜かれた影絵のようにも見えた。

あとは、なるようにしかならなかった。

体五つか六つほどの空白をあけて、七尾先輩が先にゴールを走り抜ける。ストップウォッチを見ると、十一秒三二、と表示されていた。

たった十一秒と少し。

十一秒と少しの、青春。

どちらも息を切らして、しばらくは喋れないほどだった。七尾先輩は膝に手を置き、橋田はなりふり構わず四つん這《ば》いになっていた。それだけの熱量を、百メートルで燃やし尽くしたのだろう。筋肉だけじゃなくて、肺も心臓も全《すべ》てを使って走り切ったのだと、そんなことを僕は連想していた。

やがて、

「速いな、七尾」

と、橋田が呟《つぶや》いた。

どっかと尻餅をついて、夕空を見上げる。

「いいなあ」

短い言葉に、おさまりきらないほどの憧憬《どうけい》が宿っていた。

高校三年生。どちらもその夏を終えて、青春を走り終えた。だけど、終わった後に燻《くすぶ》っているものがある。そんな声をしていた。

「お前はいいなあ。修はいいなあ」

喘《あえ》ぐように、呟きが続く。

「俺は結局、話にもならないぐらいの鈍足だったけどさ」

飴色の光へ、目を細める。

「それでも、悪くない三年だった。嫌じゃない三年だったよ」

「俺もだよ」

と、七尾先輩が返した。

「あいつに勝てなかったのは、俺も同じだ」

その答えに、橋田が息を詰めた。

少しして、立ち上がってから、

「修の幽霊は、ちょうどこのへんを走っていた」

と、短い指を持ち上げたのだ。

差したのは、さきほど先輩と一緒に走っていたトラックの反対側だった。

「バイトの帰りで、近くを通りがかったんだ。距離があったし、夜中だったから顔は見えなかったが、修だと直感した」

「あの、顔が見えなかったのに、どうして荷稲さんだと思ったんですか」

「走りだ」

口を挟んだ僕に、橋田が断言した。

「あいつの走りを、俺が見間違えると思うか」

「思わない」

きっぱりと、七尾先輩が言う。

当然とばかりに、橋田もうなずいた。

「少なくとも、きちんと訓練を受けたやつの走りだ。修を真似《まね》ていたのも間違いないだろう。あいつの走りは目に焼き付く」

最後の言葉は、ひどく納得できた。

陸上に興味のない僕にすら、彼の走る姿は特別だった。

ならば、同じ陸上選手の目には、もはや崇拝の対象にすら映るのではないか。世の中には、時折そんな天才が生まれる。荷稲修とは、身近にいた者たちにとって死後も忘れられない——むしろ死んだからこそ、より美しく固定してしまった残像なのだ。

（でも、くのりはここで死を食べようとはしなかった）

その意味は、なんなのだろう。

グラウンドの向こう側に落ちていく二度目の夕陽を、僕はじっと見つめていた。

五

「それで、七尾さんは納得したんですか」

静かな控え室で、シスターはそんな風に返した。

学校の、教会付属の一室であった。控え室といえば聞こえはいいが、実際は物置を言い訳程度に改装しただけの部屋だ。元は白かったと思しい窓枠の塗料は、すっかり茶色く変色した上にあちこち剝《は》げており、湿気もたまりがちで微妙にカビ臭い。

それでも、聖体拝領用の皿や盃といった品々を置くと、背筋を伸ばしたくなるような神聖な雰囲気が出てくる。

なにより、ソファに座ったシスターが特別だった。

「とりあえず、橋田さんの話は疑ってなかったですね。あいつは嘘《うそ》をついたりはしないって、帰り道にも話してました」

「だったら、誰かがあのトラックを走っていたのは間違いないのでしょうね。……もしくは、本当に幽霊が走っていたか」

おかしそうに口元をおさえたシスターの両目は、固く閉じられている。

盲目なのだった。代わりに、その足元にはハーネスのついた黒い犬が丸くなっていて、ちらちらとこちらを窺《うかが》っている。

「ほかの二頭はどうしてるんです？」

「いつも三頭とも学校に連れてきたら、さすがに迷惑でしょう。陸丸《りくまる》と雷丸《あずままる》は教会でお留守番です」

自分が一番偉いのだ、とばかりに黒犬の鼻が持ち上がったところで、

「順番ですけどね」

と、シスターが釘《くぎ》を刺した。しゅんと黒犬がうなだれたように見えるのは、気のせいだったかどうか。

彼女の名は、天音瑞季という。

以前の事件で、関わった尼僧だ。

もしくは、僕が知るもうひとりの魔女。

黒犬の頭を撫でる彼女を見やり、少し間をおいて、僕はこう切り出した。

「ところで、七尾先輩にくのりを紹介したのは、君なんだって」

「何か、いけませんでした？　もともとお知り合いということでしたし、ああいう事件でしたらうってつけだと思いましたけど」

「もちろん大迷惑です。くのりも僕も探偵なんかじゃありません」

「でも、くのりさんのお腹《なか》は、それじゃ満たされないでしょう？」

痛いところをつかれた。

そんな僕の気配を察知したのか、シスターの唇がこう続けた。

「今回の事件、ひとつ、想像したんじゃないですか」

その声音は甘く、しかし内容はこちらの心臓を掴み上げるようだった。

「荷稲修も魔女だったら……とか」

「っ……！」

「本場では魔女は必ずしも女性と限らないらしいですね。こういう話題は、それこそくのりさんの方が詳しいでしょうけど」

「あいつのお父さんから、そんな話を聞いたことありますよ」

「あら、ご家族公認とは羨《うらや》ましいこと」

本当に羨ましそうに言って、シスターが顔をあげる。

見えないはずの彼女が、それでもこちらを窺うように頭を振って、尋ねたのである。

「ところで、どうしてくのりさんは一緒じゃないんですか」

「連れてきても仕方ないだろ」

突然、聖職者からはあるまじきレベルの殺意を感じたような気がするが、これは無視しておこう。

「分かりました。あなたがそういうつもりでしたら、私にも考えがあります」

「考え？」

眉《まゆ》を寄せると、彼女は僕の後ろに向かって呼びかけたのだ。

おそらく、黒犬の嗅覚《きゅうかく》と仕草によって、近くまで来ていることを察していたものか。

「いらっしゃいませ、くのりさん」

「な」

思わず、絶句した。

がらりと開いた扉の向こう側に、話題にしていた相手が佇んでいたからだ。

「薊さんが聞きたいことがあるとのことでしたから、ご一緒がよろしいかと思って、私からくのりさんに伝えておきました」

こちらとの会話や、その結論まで予想済みだったということか。

というか、僕は魚釣りの餌《えさ》かなにかか。

さきほどまでの、人を弄《もてあそ》ぶような表情とはまるで打って変わった、心底嬉しそうな笑みをシスターは浮かべていた。正直というかなんというか、いっそ清々《すがすが》しい心地さえする。

「拓海？」

と、くのりが首を傾《かし》げた。

「どうかし、たの。天音、さん」

「いいえ。ちょっと薊さんと相談していましたの」

ひとつうなずいて、盲目のシスターが器用に僕の隣へ寄り添った。不安げもない動作は、この元物置の配置は完全に記憶しているということだろうか。

だが、問題は僕が距離をおくより先に、白い手が、そっとこちらの腕を搦《から》めとったことであった。

「私とお付き合いしてくださらないかって」

くのりが、大きく目を見開いた。僕も初めて見るような表情だった。

あわてて、シスターを振り返る。

「し、シスターは恋愛とか禁止では！」

「もちろん貞潔は誓いましたけれど、主は人に特別な好意を持つこと自体を禁じてはいませんわ。想《おも》い人にいささか不自由な思いはさせるでしょうが」

閉じられたままの目が、突然憂《うれ》いを含んだように見えるから、これは詐欺《さぎ》的だ。いっそ悪魔的と言ってもいい。密《ひそ》やかなファンもいる学内で写真を回せば、それなり以上の値段で流通しかねない。

「くのりさんは、薊さんと一番古い友だちでしょう？　最初にお伝えしておかなければと思って」

「…………」

しばらく、くのりは停止していた。

小さく、ぽかんと可憐《かれん》な口を開いて、突然糸の切れた操り人形みたいだった。あんまりそのままじっとしてるものだから、知らない誰かが見たら、本当に人形と紛ったかもしれない。

「いやくのり、これは！」

言いかけた僕の前で、

「……いいえ」

と、くのりがかぶりを振ったのだ。

ほんのかすか、形の良い顎《あご》が上下した。

「ありがとう、天音、さん。それで、分かったかも、しれません」

＊

「どういうこと、くのり」

やっとのことで追いつくと、くのりはいつもの表情に戻っていた。

学校の廊下で、窓からは運動部の掛け声が聞こえた。通りがかりの生徒や教師がいなかったのは、幸いといえただろう。

なお、あっさりと退出したくのりを見やり、シスターは「不意打ちなら少しは気を引けるかと思ったのですけれど」などと呟き、親指の爪《つめ》を噛《か》みつつ僕を解放してくれたのだが、少しはこちらの事情を斟酌《しんしゃく》してほしい。冷や汗やら何やらがまとめて噴き出し、やたらとのどが渇いた。

くのりは、冷ややかな瞳《ひとみ》で、口を開く。

「言った、でしょう。多分、分かった、んだって」

「だから、何が？」

「私が食べた、死の、正体」

赤い唇に、くのりが触れた。

「死は、嘘をつか、ない。だから、一体誰が、嘘つきだったのか、ってこと」

それは、くのりの関わる事件において、いつも直面する問題だ。くのりに依《よ》り憑《つ》いた死者の言葉は、いつも絶対の真実だ。

ただし、問題はその死者なりの真実でしかない、ということ。

だから死者が騙《だま》されていれば、騙されていたなりの言葉となる。

この場合、くのりが指している言葉は……

「……母さんが死ぬ、っていうあれ？」

「近いと、思う」

唇の近くに触れて、くのりが言う。

「だけど、それだけだと合わ、ない。合わな、かった」

彼女の自問は、僕には理解しきれない。何が合わなかったのだろう。わざわざ過去形に置き換えた理由は、その答えに辿《たど》り着いたからか。

たとえば、それは――

「荷稲修が魔女だから、とか？」

「違、う」

と、くのりがかぶりを振った。

「荷稲修は、魔女なんか、じゃない。あの死に、そんな味わいはしなかった、もの」

あっさりと否定されてしまった。

しかし、否定だけではなく、くのりのたどたどしい台詞はこう続いたのだ。

「のっぺらぼう、だったかもしれ、ない」

名前ぐらいは、僕も分かる。

目も鼻も口も持たない、妖怪《ようかい》の名前。「こんな顔だったかい」と二度にわたって驚かす怪談ぐらいは、誰もが耳にしたことがあるのではないか。

今の話とどう繋《つな》がるのかは、僕にも判断できない。

ただ、くのりはこんな風に言葉を継いだ。

「だから、これは、簡単。……誰が、誰をどう認識していたか、っていう、こと」

「どう認識していたか？」

オウム返しに言った僕を、くのりがじっと見やる。

白い人差し指が、すいと上がった。

「ひとつ、拓海にもやってほしいことが、あるの、だけど」

六

運動場に出ると、ちょうど七尾先輩が後輩たちと話していたところだった。

学校自体の規模の割に、陸上部は結構な人数を抱えている。

先輩の人徳ゆえかもしれない。数々の大会で発揮した実力のみならず、面倒見の良さは、少しでも触れ合えばすぐ分かることだ。でなければ、僕やくのりと接触を持つこともなかっただろう。

「…………」

僕は、橋田と七尾先輩の、たったふたりのレースを思い出していた。

今こうして、和やかに後輩たちと話している七尾先輩と、何もかもを振り切るように疾駆《しっく》していたスプリンターの姿は、簡単に一致するようで、どうしても重なりきらない。素人《しろうと》の僕の喉《のど》からスタートの合図を絞り出させた凄《すさ》まじい気迫は、まるで別世界のことにすら思えた。

和気あいあいと楽しげな雰囲気に気後れして、校舎の近くでぼんやり待っていると、向こうから気づいてくれた。

後輩たちに手を振って、こちらへと歩いてきた。

「部活の指導を、頼まれてな」

はにかむように笑って、先輩が頭を掻《か》く。

「何を話してたんですか」

「同じことだけだよ。とにかく、姿勢をずっと考えろってだけ」

短く言って、肩をすくめた。

「短距離走っていうのは、自分の姿勢がこれでいいのか、しつこく考え続けるスポーツだからな」

「姿勢、ですか」

「毎日な。嫌になるほど考えるぞ」

自分の膝を、そっと先輩がさする。

そういえば、大会のときにはテーピングをしていたのを、不意に思い出した。

「膝の角度はどうだ。振り上げた手は合ってるか。着地はもっといいポジションがあるんじゃないか。イメージしてきたように背筋を活《い》かせてるか。走ってる間だけじゃなくて、それ以外のときもずっと考えてる。考えてないと、ろくなトレーニングにならないどころか、故障して選手生命の終わりなんてことも珍しくないからな」

　つまるところ、それは走るという行為を分割することだ。

　自分の体を切り裂き、たった十数秒ほどの競技時間をひたすらに分割して、極限まで効率を高めていく作業の繰り返し。

　何ヶ月もかけて、少しずつ改善していく十数秒。

　十数秒の繰り返しに、捧《ささ》げられてきた三年間……いいや、もっとずっと長い年月。

　運動場で、掛け声と共に、陸上部の部員たちがダッシュを始める。一部のグループが、二メートル弱ほどの間隔でマークを置いてるのは、歩幅《ストライド》のためか。また別のグループはミニハードルを置いて、リズム良く横向きに抜けていく。これは膝をあげる訓練ということなんだろう。

　その光景に、七尾先輩が目を細めた。

「そういや、昔のあいつにも、同じことを言われたけどな」

「荷稲さんですか」

「ああ。ただし、弟の方だけど」

「弟さんって、あの家にいた？」

「自分は才能がないらしいからって、あいつはコーチ役でさ。図書館だったかで、ひたすら読んでたそうだ。漢字のテストは毎回赤点だったってのに、司書の案内で専門書にまで手を出しやがって、インターバルトレーニングがどうだ、ミトコンドリア酵素がどうだと、当時はろくに分かってなかったろうことまで受け売りで話してやがった」

苦笑に、懐旧の色が滲んでいた。

残り七本、と運動場からの声が届く。きつそうな顔。へたばる何人かと、それでもやり遂げたぞという達成感とともに突き上がる拳《こぶし》。

七尾先輩が、言う。

「だけど、俺が速くなったのはあいつのおかげだ。多分修だってそうだろう。でなかったら、俺もあいつもどこかでダメになってたろうな」

ふたりのスプリンターの裏には、隠れた名コーチがいたということ。

あの家で、弟を呼び捨てにしていたのも、そうした過去のゆえだったろう。たとえ、その縁を断ち切るように、扉を閉ざされたとしても。

そこで気づいて、ひとつ質問をした。

「シスター天音には、そういう話をしてたんですか」

「まあ、そんなところさ。話の流れで、だったら君らが適任じゃないかと言われてな。檻杖が特別な名家だってのはこのあたりじゃ有名だし、ひょっとしたら本当に何か分かるんじゃないか、少なくとも自分のけじめぐらいにはなるんじゃないかって、藁《わら》にも縋《すが》る思いで頼んでしまった」

気まずそうに、七尾先輩が言う。

先輩にしても、まさかくのりがあんな風に事故を探る、というのは予想外だったに違いない。

「変なこと話し込んじゃったな。薊も、何か用があったんじゃないのか」

「はい」

水を向けられて、僕はくのりに頼まれたことをそのまま話す。

「橋田さんの連絡先、分かりますか」

＊

それから、僕がやったことは単純だ。

スマートフォンに、短文をひとつ打っただけ。

七

風のぬるい、夜だった。

八

その風に、自然と彼は安堵《あんど》した。

追い風で秒速二メートルを超える場合、多くの陸上競技は正式に記録を公認せず、参考記録という扱いにする。なので、風について敏感なのは、必ずしも彼だけのことではない。まるで無風よりは、この程度に緩やかな風のある方が、安心する選手も多かった。

彼も、そうしたひとりだった。

夜更《よふ》けになってから、行動に移った。

慣れた動作で、窓から家を出る。

見上げると、月には雲がかかっていた。

田舎ゆえに、道の途中にはあちこち田んぼや畑があって、草むらからは盛大に虫の鳴き声が聞こえる。ささやかな音量なら風流でもあろうが、もはや騒音の一歩手前だ。だが、今の彼にしてみれば、足音を掻き消してくれるように思えて、それもありがたかった。

人目を避けつつ、学校まで辿り着く。

正門は施錠されているが、ガタついている裏門があることは、生徒にはそこそこ知られている事実だった。今日もそこから入って、彼はグラウンドから、目的の運動部室へと歩いていく。

その途中で、止まった。

「何だ、お前ら」

きっ、と向けられた視線は、体育倉庫へ釘付けになっていた。

やがて、そこからふたつの人影が分離したのだ。

この前、七尾と一緒に家を訪ねてきた少年——薊拓海。後ろの少女は、彼は名を知らないが、檻杖くのり。

「申し訳ありません」

と、拓海が頭を下げた。

九

「申し訳ありません」

体育倉庫の陰から出て、僕は謝罪した。

「陸上部のグループチャットを見て、来たんですよね。荷稲修の遺書が見つかった、っていう」

「…………」

彼は黙っている。

卑屈そうな猫背で、右半面の痣《あざ》を隠すように手を持ち上げている。上目遣いの眼差《まなざ》しが、こちらを値踏みしつつ、ちっちっと舌打ちした。

気にせず、僕は言った。

「あれは、嘘です。あなたに来てもらうための」

橋田に手を回してもらったのは、そのグループチャットへの書き込みだった。

ほとんど発言しない橋田が、突然そんなことを言い出すのは、部員たちにとってある種のホラーに思えたかもしれない。初めて荷稲の幽霊を見つけたのが橋田だったなら、なおさらだ。事件の関係者にとっては無視できない発言だったろう。

まして、部室に置いてあるから、明日その遺書をみんなの前で開封すると、続いたのなら。

「は？　俺に？」

痣のあたりに触れたまま、彼が言う。

そして、

「荷稲、修」

と、くのりが呼びかけた。

びくりと、その名前に青年の顔が強張《こわば》った。

くのりの方へ瞳を動かして、上ずった声をあげる。

「何言ってる。それは兄さんの」

「あなたは、弟さんに、顔を貸して、いたん、ですね」

かまわず、くのりが続けた。

「そんなに、難しく、ない。あなたと弟さんは、もともと、よく似て、る。何より弟さんには、分かりやすい、特徴が、あった。痣を隠すだけで、いい」

特別な性質があれば、人間の認識はそれに引っ張られる。

まして夜であれば、細かい造作までは分からない。痣を隠すにはファンデーションがあれば事足りただろう。

「引きこもりが、部屋から出られないのは、さまざまな事情がありますが、そのうちのひとつは今更自分が、外に出ているのを、見られたくない、です。ずっと引きこもっていた自分は、外にいるなんておかしい。恥ずかしい。見られたくない」

その心理は、なんとなく分かった。

こんな自分を見ないでほしい。浅ましい自分を見ないでほしい。己の無様さを十分以上に承知しているからこそ、そんな姿を見られたくない。

だったら、別人になりすませたら？

「つまり、外出しているとき、自分でなくなっていれば、いい」

一歩、荷稲がたじろいだ。

同じだけ、くのりが詰めた。

「あの死体は、顔が痛い、と言って、ました」

くのりが、自分の頬を撫《な》でる。

事故の現場で、被害者の死を喰らったときのことだ。

「それで、父にお願いして、改めて事故についての、書類を確認して、もらいました。ええ、遺体からは、ちょうどあなたの顔の、痣の部分が、削り取られ、てしまって、いたそうです。ガードレールとトラックに挟まれて、そうなった、んでしょう」

くのりの父は、この地元では相当に顔が利《き》く。

特に事件性もないと判断された人身事故の書類の閲覧ぐらいは朝飯前だったろう。

検死をしたのはおそらく警察だったろうが……彼らに理解できなかった負傷の意味を、くのりは正しくひもといたのだった。

「逆に、あなたが弟さんになる、には、痣をつくれば、いい。こちらは、隠すよりは難しい、けれど、道具だけなら通販でも、なんでも買え、る。だいたい、荷稲悟は引きこもりなん、だから、他人と会うこと、なんてほとんど、ないわけですし。七尾さんがあなたに呼びかけた、ときも、階段越しに扉の隙間《すきま》から、ちらっと見た、だけでしょう？」

「…………」

荷稲は、動かない。

くのりが言う。

「あの死には、違和感がふたつ、あった」

舐《な》め上げた味わいを吐き出すように、彼女は二本の指を立てる。

「ひとつは、足が痛いと言いながら、走れなくなるのを気にしなかったこと」

中指を曲げる。

残った人差し指をゆっくりと胸元まで持ち上げて、たどたどしく夜風に囁《ささや》く。

「もうひとつは、母さんが死ぬ、という言、葉」

僕も予想だにしなかった、末期《まつご》の再生。

「殺される、なら、分か、る。他殺と、いうこと、だもの。でも、死ぬ、というのは、そう、じゃない。最初、自殺しそうだとか、そういうこと、かと、思ったけれど、そうじゃ、ない」

そうだ。

それは、僕も胃の底で消化しきれぬ疑問として残っていた。なぜ、死ぬなのか。死を目前にしたあのタイミングで、どうしても手放せない被害者の心底として漏出したのか。

「つまり、もっと単純な、こと。……たとえば、放置していれば、死ん、じゃう、だったのでは」

「…………」

荷稲は、黙ったままだった。

夏の名残を滲ませた、やたらとぬるい風の中、僕たちは次の証言を待って、静謐《せいひつ》に身を浸していた。

だが、沈黙を破ったのは、この三人の誰でもなかった。

「修」

と、闇から声があがったのだ。

＊

声の持ち主は、僕たちのさらに背後から現れた。

最初から、もうひとり、少し離れた場所で待機してもらっていたのだ。僕たちが先に出てきたのは、もちろん荷稲修の虚をつくためだ。

その効果があったかどうか、低く呻《うめ》きがこぼれた。

「……七尾」

「ああ、この距離で見れば分かるぞ、荷稲。なんで、そんな痣までつくって弟のふりをしてやがる」

七尾先輩が、はっきりと指摘した。

もはや言い逃れできぬと諦《あきら》めたのか、下を向いて、運動場に荷稲が吐き捨てる。

「たまに、弟と代わってやってたときに、あの事故があったんだ。ちょうどいいと思ったんだよ。陸上とかバカバカしかったし」

「嘘、ね」

ぴしゃりと、くのりが否定する。

「荷稲修と荷稲悟の兄弟が、入れ替わるのは、いい。でもそうすると、ひとり、気づかなきゃいけない、人が、いる」

「……お母さん」

と、僕が答えを口にしてしまった。

引きこもりだということを考えれば、そもそも見かける人が少ないのだから、誤魔化すのは意外と簡単だろう。だけど、日常的にずっとそばにいる人間は、どうやっても入れ替わりに気付いてしまう。

たとえば、赤子の頃から知っている母親などは。

「そう。どうやっても、お母さんは気づく、はず。毎日一緒にいるの、だもの。だから、辻褄《つじつま》の合う答えが、必要、だった」

――『悟は、昔と同じだから』

――『突然過ぎて、まだ信じられない。今にも、玄関からただいまって帰ってきそうな気がするわ』

「見当識障害」

専門的な単語に一瞬動揺すると、くのりはすぐ説明を加えた。

「大きく三つに分かれる、けど、時間や場所、人物、そういったものを、含めて、自分のいる、状況が、分からなくなる、こと。……もっと噛み砕いて、言えば、荷稲さんのお母さんは、認知症、よ」

「でも、お母さんは」

「ええ、普通に受け答え、している、ように、思えた、のよね」

小さく、くのりがうなずく。

何かを押すように、目の前で人差し指を動かす。

「玄関のチャイムを直してない、というのから、気になって、た。葬式もきちんとあげたよう、なのに、部屋は散らかったまま、チャイムは壊れたままなんて、ちょっとアンバランス、だけど、最初からお母さんが、認知症、だったら？」

　この場合、認知症とは単なる痴呆《ちほう》症のことではない。

　脳が衰えるというのではなく、機能に異常《バグ》が発生することだ。たとえば、ある意味で、死を喰らうくのりがそうであるように。

「あなたは、階段で、お母さんを突き飛ばしなんて、して、いない」

　くのりの指が、荷稲へと向く。

「七尾さんを早く帰そうと、あなたが苛立《いらだ》ったのは、本当、でしょう。でも、人間を突き飛ばしても、一階まで、そんな音は聞こえ、ない。あれはお母さんが、あなたの部屋の扉を、叩《たた》いたんじゃない、ですか。あるいはその拍子に、足をもつれさせて、扉を突いてしまった、とか」

「あ……っ」

　つい、声をこぼしてしまった。

　その方が辻褄が合う、と思ったのだ。

「あなたの部屋は、階段越しに見えるぐらいの、距離。だったら、そのまま階段に落ちるのは、普通にあり、うる。あなたも心配して、扉を開いてしまっただけ、でしょう。だけど、駆け寄ってきた七尾さんや拓海を前にして、彼女はそれらしい、ストーリーを、頭の中でつくりあげて、しまった」

「………」

しばらく、再びの沈黙が落ちた。

「本当か、荷稲」

七尾先輩が、問うた。

夜の運動場をにじるようにして、もう半歩、七尾先輩と荷稲の間合いが詰まった。

もう一度口が開くのに、何分もかかったように思えた。

「親父がいなくなって、母さんは心のバランスを崩した」

荷稲の言葉が、地に落ちた。

「俺と悟の違いが分からなくなって、俺が走るのも嫌がりはじめた。親父も学生時代ランナーだったからな」

のっぺらぼう、という意味をやっと僕は理解した。

あれは、顔を持たないのっぺらぼうという妖怪のことではない。他人の顔が見えず、のっぺらぼうに見えてしまう観測者のことだったのだ。

いや、あるいはのっぺらぼうという怪談自体が、そうなのかもしれない。

黄昏時《たそがれどき》——誰ぞ彼時に、見当識が失われたということ。

「人の、見当識障害」

と、くのりが呟いた。

大きく三つに分かれるという、そのひとつ。

荷稲が言う。

「悟が引きこもりになったきっかけは、七尾も知ってる通り、膝《ひざ》を駄目にしたからだけど、それが続いてしまったのは母さんの世話をしたせいだ。介護をして、学校を休むうちに、行きづらくなったってさ」

一瞬、息が詰まった。

膝を撫でていた七尾先輩を思い出したのだ。ふたりにトレーニングを教えたという幼いコーチが最初に膝を壊したのは、どんな皮肉だったろう。

「走っていく俺たちの中で、あいつだけが置いていかれた。あいつが一番一生懸命だったのに。ああ、だからもうやめようと言った。あいつだけが苦労する必要はない。あいつと一緒に母さんを支える選択肢だってあった。国の施設が守ってくれなくたって、兄弟でなら母さんを守れるだろうって」

荷稲の言葉が、夜風にちぎれていく。

「……なのに、あいつは、兄さん走れよ、って言うんだ」

声が震えた。

「学校に行きづらくなったのは本当でも、あいつはまだ戻れたはずだ。それぐらいのつながりは、学校に残っていたはずだ。それが分かっていたのに、俺は走るのを優先した。部活を優先して、大会を優先して、弟の言葉を口実にして、目と鼻の先で壊れていくいろんなものを、見ないふりをした」

時々入れ替わっていたのは、そんな弟に対する詫《わ》びの意味もあったのだろうか。

茶番かもしれなくても、その儀式が彼らには必要だった。

悟は昔から引きこもりだった、と母親は言っていた。

だったら、そんな生活が何年続いたのか。七尾と走っていた頃の、すでに最後の方にはそんな感じだったのか。

「なのに、そのあいつが死んだんだ。いつものように、俺の変装をして、ありがとな兄さんとか言って出ていったのに」

荷稲を見下ろす七尾先輩の横顔に、ふと僕は、寺社の仁王様を思い出した。

(ああ、そうか)

唐突に、僕は理解した。

あれは取り残されたものの表情だったのだ。

先輩が言っていた。ずっとずっと考えていると。あれは、姿勢のことだけじゃない。その結果がもたらした、荷稲の弟の引きこもりや、荷稲の死を含めてのことだ。

置いていかれたものの、怒り。

そして、今もまた、七尾先輩は怒っている。

「俺は、俺なんかに、なりたくなかった。だから、このままでいい。荷稲修じゃなくて悟のままでいい」

「黙れ、修」

と、先輩が告げた。

短く、燃えるような感情を込めて、

「走るぞ」

と、言った。

「弟になりすますなら好きにしろ。生きていることを黙っていてやってもいい。……ただし、それは俺と走ってからだ。勝てば、今のことは全部忘れてやる」

力なく、荷稲がかぶりを振った。

「もう、俺は走れない」

「走っていただろうが。ここで」

七尾先輩が、前に出た。

胸を摑《つか》み、まっすぐ睨《にら》みつけて、トラックへと手を振った。

「走りたくなったんだろうが。ほかのやつらに見られて、幽霊だとか言われても走ったんだろうが、ここで」

けして怒鳴るのではなく、しかし強い声であった。

「生きていれば、走れる。走るしかないだろ」

よろよろと、荷稲がトラックに突き飛ばされる。しかし、倒れたまま、動こうとはしない。とっくの昔に壊れた人形のようでもあった。

そのとき、もうひとつの影が、運動場に落ちた。

小柄ながらも筋肉質の生徒を見上げ、荷稲が喉をひきつらせた。

「橋田」

「……生きていたのか」

茫然《ぼうぜん》と、橋田が口にした。

グループチャットを使わせてくれとは話したが、細かいところは説明していなかった。それでも協力してくれたのは、先輩に負けたからという意識のためだろう。もっとも、このタイミングで現れた理由は分からない。

「俺じゃないぞ」

七尾先輩が否定し、橋田は唇を歪《ゆが》めた。

「妙なチャットを打たされたから、近くで張っていただけだ」

ゆっくりと、歩み寄る。

死んだはずの同級生を前にして、三白眼から細く涙がこぼれた。

「そうか。生きてたのかよ」

ぐい、と手の甲が頬を拭《ぬぐ》った。

それから、荷稲を立たせて、言う。

「お前は、お前をやめたかったのかもしれないけど」

胸を、軽く叩いた。

「俺は、お前になりたかった」

その言葉の激しさ。厳しさ。

次に、七尾先輩が口を開いた。

「別にいいんだ。お前が荷稲悟として生きても、そりゃあお前の問題だ。だけど、俺たちの時間には、始末をつけろ」

「……いいんだな」

と、荷稲が言った。

うつむいた表情は、さきほどと同じ。

だけど、何かが変わったように思えた。うまく言葉にあらわせない、しかし確かにそこに存在する何か。

「俺が走って、いいんだな」

「走るしかないんだ。橋田、準備してくれるか。百メートルだ」

「そう言うと思ってたよ」

なぜだか、橋田は嬉《うれ》しそうに笑った。

やがて用意されたスターティングブロックに、ふたりが足を置いた。

まるで、祈るような姿勢だと思った。

どうかベストを尽くせますように。どうか自分の全《すべ》てを捧げ切れますように、と祈るような。

「……なんだか、仲間はずれ、ね」

くのりが言った。

僕も、そう思った。

ここにいるのは、誰もがスプリンター。たった一度の青春をわずか十一秒と少しの疾駆に注ぎ込んだ愚か者ばかり。

僕たちだけが仲間はずれで、だからこそ観客に相応《ふさわ》しい。

「位置について」

陸上部員のだみ声が、夜のトラックに響く。

後で問題になるかもしれないな、とちらりと思ったが、気にしないことにした。幸い、学校に人は残っていないし、こんな田舎で通報するような者もいないだろう。

何より、僕と違って、ピストルを構えた橋田の姿は、よく似合っていた。

風は凪《な》いで、昼間ならきっと最高のコンディション。

太陽の代わりに、雲間から現れた丸い月が、トラックの様子を露《あら》わにした。

「用意」

声にこもった気迫に、息を呑《の》む。

号砲。

同時に、ふたりの体が飛び出した。

橋田のときは弾《はじ》かれるような勢いだったが、今度は違っていた。まるで水に切り込むようにさえ見える、あまりにも滑らかなスタート。緩やかに見える発進が、その実恐ろしいまでに理にかなった走法だと、無意識に僕は納得していた。

――『インターバルトレーニングがどうだ、ミトコンドリア酵素がどうだと、当時はろくに分かってなかったろうことまで受け売りで話してやがった』

ブランクなど、微塵《みじん》も感じさせない。

七尾先輩のわずかに先を行く、あまりにも優美なストライド。

一度見れば忘れられぬ、短距離走者にとって理想的な姿。一切力任せにならず、重心移動を生かし切ったスタートから、ぐんぐんと加速していく。大きく振られた手が一見細い脚と連動して、信じられない速度へと、彼を押し出していく。まるで、美しく飛ぶ白鳥のように。

一秒が、一分にも感じられた。

たった十一秒と少しの青春と言った。あれは嘘だ。十一秒を十秒に縮めたとしても、それは何時間にも匹敵する。ひたむきに注ぎ込んだ熱量と濃度が、本人と見守る者たちの認識だけに摂理への反逆を許す。

差は縮まりそうで、縮まらない。

七尾先輩が一歩詰めたかと思えば、また荷稲が突き放す。

残り五十メートル。きちんとレーンも見えないのに、どちらのストライドも揺らぎはしない。月下を影だけが駆けていく。

いいや。

引き伸ばされた時間感覚の中で、僕は瞬《まばた》きした。

光を見たのだ。

夏の光。高く沸き立つ入道雲。

ありえないはずの、とっくに通り過ぎた季節の残骸《ざんがい》。

多くの歓声に満ちた競技場。でなければ、誰も立ち寄らない橋の下。

ふたりのスプリンターが走っていた。幼い子どもたちが走っていた。ふたりきりかもしれなかったし、三人かもしれなかった。

あいつの走りは目に焼き付く、と橋田が言った。

人の心に刻み込まれる走り。何度となく、思い出さざるを得ない幻影。

ぐいぐいと、荷稲が伸びていく。

七尾先輩も離されない。

横顔に横溢《おういつ》しているのはもはや怒りではなく、ただ必死さと――かすかに滲んだ喜びだった。

その喜びを噛み殺すごとく、先輩が歯ぎしりした。

残り三十メートル。

先輩が伸びる。

ふたりの姿が重なる。

先輩の足が、荷稲の影を踏む。

残り二十メートル。

すでに、幻影は消えた。

今ここにあるのは、月とトラックと、ふたりのスプリンターの影絵だけ。

ふたりのスプリンターの、意地と肉体だけ。

ほんのわずか、荷稲の速度が落ちていく。

一ヶ月半の重みをやっと思い出したというように白鳥の優美さは奪われ、七尾先輩がついに一歩先んじた。

残り、十メートル。

それでも。

最後に後押ししたのは、何だったろう。

失われたストライドの優美さは蘇《よみがえ》ったりせず、しかし手足の振りと速度が戻った。

断末魔にも似た鮮やかさの代わりに、荷稲の走りに宿ったのは、いっそ見苦しいほどの激しさであった。

生にしがみつき、心臓を焦《こ》がすほどの熱であった。

ゼロメートル。

片方のスプリンターの体がゴールを越えた。ほんのわずか遅れて、ふたりはもつれあうように、少し先で転倒した。

十

「バカ、みたい」

その結末に、くのりが囁いた。

夜の風に黒髪を押さえ、目を細めていた。

「バカ、みたい、なのに綺麗《きれい》だった、わ」

視線の先で、ふたりのスプリンターはゆっくり身を起こすところだった。

「リハビリをする気になったか」

「うるさい」

呼吸を荒らげながら、荷稲が言っている。

勝ったのは荷稲だったが、その様子だと、少なくとも弟の仮面をもう一度かぶるつもりはないように思えた。

まだまだ、問題は残されている。

死んだことになっている荷稲修のことや、認知症に陥った母親のこと。何ひとつ解決なんかしてはいない。

だけど、ひょっとしたら。

「閑也《しずや》さんには、伝えておくわ」

と、くのりが自らの父の名前を口にした。

それから、

「拓海。ひとつ、訊《き》いて、いい？」

その声音が、あまり聞いたことのないものだったので、振り返ってしまった。

白い指が、手持ち無沙汰《ぶさた》に黒髪をいじっている。

「なんだい」

「天音さんと、付き合う、の？」

まるでそれは、明日の天気を尋ねるような素っ気なさで。

だけど、彼女が天気を尋ねたことなんてないと、僕はよく知っていて。

「絶対ない」

首を横に振っても、彼女は表情を変えたりはしなかった。

「……ふう、ん」

未練みたいに、その指はいつまでも黒髪に絡《から》まっていた。

第二話

嘘つき魔女の舞台

美に傅《かしず》くのだと、誰かが言った。

それは舞台に立つ者の誓い。

それは舞台を観《み》る者の約束。

どちらが欠けても叶《かな》えられない、甘くて儚《はかな》い共犯関係。

いつか、自分も立つのだと思った。

スポットライトの光を浴びて。

きらきらと輝くドレスを纏《まと》って。

万雷の拍手を前に、みんなで揃《そろ》ってお辞儀をするのだと。

ああ、その通り。

他愛ない夢に、毒が混ぜられるなんて。

愚かな私は、ちらとも考えやしなかったのだ。

一

「いつまでだって、お前は踊らなくてはならない」

天使が言った。

「赤い靴を履いて、踊らねばならない。青白く冷たくなるまで、骸骨《がいこつ》になるまで踊らねばならない。高慢な子供たちが住んでいる家を、一軒、一軒と踊りまわらねばならない」

はっきりした声音で告げる天使には、白い翼が生えている。なかなかの力作で、内側に針金でも入っているのか、天使に合わせてゆらゆらと揺れ動くように見えた。

「許してください」

その前で、打ちひしがれた少女は、許しを乞《こ》いながら踊り続けている。白い翼と対照的な、エナメルの赤い靴で舞台を何度もタップしながら、我が身の悲運を嘆いているようだった。

（……ちょっと演技が過剰かな）

と、僕は少し意地悪な心地で、見つめていた。

学生演劇らしい稚拙さ、ひたむきさこそが良いという人もいるだろうが、それにうなずけるほどマシな性格でも見《み》巧者《ごうしゃ》でもない。

ただ、隣に座ったくのりは、意外なほど熱心に食い入っていた。

「くのりって演劇好きだっけ」

ヒソヒソと話しかけると、彼女は切れ長の目を少しだけ大きくした。

「全然」

と、普段より小さな声で返ってきた。

黒くて長い髪が、卒塔婆《そとば》みたいに真《ま》っ直《す》ぐ床へ流れている。つい切りたくなってしまったのは秘密にしておきたい。

「だって、この、話」

舞台で踊る赤い靴の少女を見つめたまま、

「みんな生きている、のに、死んでいる、香りが、するんです、もの」

くのりが冷たい吐息とともに、そう言ったのだ。

確かに、この作者の話にはそういう趣がある。

ハンス・クリスチャン・アンデルセン。

いわゆるアンデルセン童話の『赤い靴』であった。赤い靴に魅入られた少女が、その靴を履いたまま死ぬまで踊り続けねばならないという呪《のろ》いを受ける物語。自分をかわいがってくれた老人の葬儀にも出られず、昼も夜も踊り明かして、傷つき疲れ切った末、少女は首切り役人の家を訪れ、自慢の斧《おの》で足を切ってくれと頼むのであった。

「この赤い靴と一緒に、わたしの足を切ってしまってください」

懇願とともに、役人の斧が振り上げられる。

ギラリ、と鈍い光を刃が照り返した。

目の前で、少女が足を断ち切られる——その見立てとして、台の向こうに下された彼女の足から、高く赤い靴が放り投げられた。

痛みと解放がないまぜになった切ない叫びを聞きながら、うっとりとくのりが笑うのを、僕は横目で見ていた。

「死んだ、のよ、ね？」

「演劇の話じゃなくて、だな」

もちろん、『赤い靴』の話はまだ続く。

彼女の言葉が、別の少女の死を指しているのは明らかだった。

「前の主役が自殺して、部活が再開してからまだ数日だ」

通し稽古《げいこ》とはいえ、あちこちにぎこちなさを感じるのはそのためだろう。たった今演じている若き役者たちが一体どんな思いでいるのか、パイプ椅子《いす》に座って眺めている僕には想像もできない。

「……あの舞台で、死ん、だ」

くのりが囁《ささや》く。

ひどくうっとりした声で。

「どんな味が、するの、かしら」

舞台上、赤い靴で踊り続ける少女を、僕はもう一度見つめた。

＊

僕らが校舎を出たのは、放課後からだいぶ経《た》った頃だった。

他の生徒たちもおおよそは帰った後で、空には秋の星座が浮かんでいる。ペガスス座から広がった秋の四辺形。明るい星の数が少なく、どことなく物寂しい秋の夜空だが、代わりに際立《きわだ》って月が美しい。柔らかな白銀色に濡《ぬ》れ光る三日月は、まるで夜が笑っているかのようだ。

心持ち風が寒くなってきて、服の上から二の腕をこする。

鼻孔をくすぐる空気が、涼しく清々《すがすが》しかった。街から離れ、陸の孤島めいたこの学校に吹く夜風は、どこかしらよそよそしいようにも思えた。

私立海蘭《かいらん》学院高等学校、と校門のプレートには刻印されている。

普段通っている、手作り感溢《あふ》れる建物とはまるで異なる、立派な校舎がその後ろに鎮座していた。さらに山の上の方には、瀟洒《しょうしゃ》な教会と女子寮が隣接している。十年前までは、お嬢様学校として知られた場所だったのだ。今も比率的には女子が七割ほどを占めていて、男子にはいくらか居心地の悪い環境であった。

「自分がここの校門をくぐることになるとは、思わなかったな」

「よく、似合って、るわ」

くのりに言われて、眉《まゆ》を顰《ひそ》める。

「君に言われてもな」

まったく風采《ふうさい》の上がらない僕に対して、くのりの制服姿はある意味完璧《かんぺき》だった。普段のセーラー服もけして悪くないが、シックにまとまったブレザーとタータンチェックのスカートは、彼女の佇《たたず》まいと似合い過ぎている。写真を撮って額縁に入れれば、そのまま学校の求めるお嬢様像の出来上がりだ。

（……とはいえ）

ある意味、とつけたのは、写真にどこまで彼女の本質が残るか分からないためであった。

慣れた自分でも、夜《や》闇《あん》でひっそりと髪を押さえた彼女を見れば、胃の底に薄い氷が張り付いたような気持ちになる。美しい獣に見つめられたようなものだ。姿はたおやかな少女であれど、むしろだからこそ、違和感は倍増しになって神経を苛《さいな》んでくる。

「何？」

「いいや、ちょっとした確認をしてただけだよ」

ことりと首を傾《かし》げた少女に、かぶりを振る。

そして、そのタイミングで、

「いかがでした？」

と、もうひとつの声がかかったのだ。

電柱の裏から、皺《しわ》くちゃのスーツを纏った男が問いかけてきたのである。

年齢は三十半ばといったところだろうか。中肉中背で髪は短い。無精髭《ぶしょうひげ》の生えた口元にちびたタバコを咥《くわ》えていた。

「刑事さんが、ここまで来ていいんですか」

「むしろここまでしか来れない。君らには分かりにくいだろうが、学校の敷地ってのは案外特別な場所でね。……で、薊《あざみ》くんの方は何か分かったかな？」

「とりあえず、話の部活の通し稽古には参加しましたが」

言って、僕はさきほどのことを思い出していた。

海蘭の演劇部では、稽古でも他人に観《み》られることが意識を高めるとのことで、何度か通し稽古を公開しているのだ。僕とくのりはそれに参加させてもらって、今度の文化祭で上演されるという『赤い靴』を観劇していた。

無論、死者が出たからだ。

肝心のくのりは、知ったことではないとばかりに、よそを向いている。

年上に接する態度ではないが、まあ彼女はいつものことだ。興味があるのは常に死者。まだ終わっていない生者《もの》なんて、彼女にとっては絵画になる前の絵の具のようなものなのだろう。

刑事の方も、気にしたそぶりもなく、別の名前を口にした。

「柊《ひいらぎ》いそら、か」

舌の上を転がすと、どこか甘酸《あまず》っぱい印象の名だった。

「彼女が主演をやることで、演劇部は大会でもずいぶん勝ち上がったそうだねえ。ひとりで、そこまで部活動をレベルアップさせるほどの天才だったとか」

「…………」

二週間前、彼女は自殺した。

さきほどの舞台の上で、ひとり毒を呷《あお》って。

毒リンゴを食べたのは白雪姫だなと、僕は考えていた。あれは確かアンデルセンではなくグリム童話だった。死の眠りから目覚めたお姫様は、そのあと王子様と本当に幸せになれたんだろうか。

「王子様、なんて『赤い靴』じゃ、でないのに、ね」

同じことを連想したのか、くのりのかぼそい声が夜風に漂った。

二

くのりの家に呼び出されたのは、先週の休日の昼であった。

雲の上まで続くんじゃないかと馬鹿なことを考えさせられる長い坂の上から、年季の入った西洋屋敷が見下ろしている。よく手入れされた外壁に、白い寄棟造りの屋根。

正門から玄関まではイギリス式の庭となっており、今はダリアとコスモスが競うように花を咲かせていた。

玄関に辿《たど》り着くと、いつもの壮漢が迎えてくれた。

ほかでは、ドラマか映画でしかお目にかかったことのない、執事という職業が、この屋敷には実在しているのだ。もっとも、体格の良さに、バリカンで刈り込まれた髪型を見ると、多くの人は執事というよりヤクザの方を思い出してしまいそうではあるのだが。

「いらっ、しゃい」

続けて、私服のくのりも出迎えてくれたのは、小さな驚きだった。

仕立ての良いシルクのブラウスに、チャコールグレイのフレアスカート。暖色を使ってないあたりがいかにも彼女らしい。ただ、長い髪を飾った紫のリボンは、普段の制服姿から見られない飾り気で、なんとなく瞬《まばた》きしてしまった。

「閑也《しずや》さん、は、応接室」

「あれ？　呼び出したのはくのりじゃないの？」

「私、だと、佐島に、頼んだり、しない」

執事の名前であった。

ついでに、じろりと睨《にら》んできたのが、どういう気持ちによるものかは分からないが、数多《あまた》の民を石化させたというメデューサほどの迫力はあった。確か、本来のメデューサの逸話では石化の魔力があったのではなく、あまりの恐怖に誰もが死ぬほど竦《すく》み上がったのだとか、以前にくのりが言っていたのを思い出した。

「私と拓海《たくみ》に、頼みたい、ことが、あるそうよ」

話を聞きつつ、応接室の扉を開くと、かすかな薔薇《ばら》の香りがした。

くのりの父親である檻杖《おりづえ》閑也が淹《い》れている、ハーブティだと思い出した。

ティーカップの置かれた黒檀《こくたん》のテーブルを挟み、閑也さんともうひとり――くたびれたスーツの男が、どことなく寝ぼけた顔で座っていたのだ。

よっこらせと口にして立ち上がり、男はこちらを向いた。

「やあどうも。檻杖くのりさんと、薊拓海さんですよね？　斑尾研二《まだらおけんじ》と言います。そこの鏑木《かぶらき》署の刑事でして」

「刑事さん？」

「ははは。異動してきたばかりなんですけどね。まあ左遷《させん》みたいなもんです」

短い片眉《かたまゆ》を上げて、刑事は首の裏を叩《たた》いた。

一瞬身構えたのは許してほしい。なにしろ、くのりと再会してからこのかた、警察に目をつけられるだろう事件には、多々巡り合っている。それも、解決に励んでいる素人《しろうと》探偵とかなら可愛《かわい》げがあるが、実際は彼女の飢えを満たすためという、オカルト的かつ実用本位である。重要参考人どころか、新たな容疑者として引っ張られても、まったくおかしくない。

　そんな躊躇《ちゅうちょ》を見透かすように、

「海蘭学院を知ってるかな？」

　穏やかに切り出したのは、閑也さんだった。

　刑事とは対照的な、手入れの行き届いたグレージャケットに、ネイビーのトラウザーズ姿。テーブルの手元にはくのりが普段から持っているのと、対になった万年筆が置かれている。

「ええ、このあたりじゃ有名ですし」

　私立海蘭学院高等学校は、大学付属の高校だった。

　優美な花と波に飾られた校章《シンボル》からは、丁寧にパッケージングされたお嬢様が想起されたものだった。自分が小学生の頃、男女共学校になると聞いた祖母が、信じられないと三度も口にしたのを覚えている。だって海蘭よ、とこぼした彼女にとって、きっとその名前は長いこと憧《あこが》れだったのだろう。

「海蘭の演劇部で、死者が出たんだ」

その話には、驚かなかった。

くのりと僕がまとめて呼び出されたということは、おそらくそういう話であろうと予想がついていたからだ。慣れてしまいたくもなかったが、彼女と一緒にいるなら、必然的に死の臭《にお》いがまとわりつく。

ため息を殺して、なるべくしかめ面《つら》をしていると、閑也さんは言葉を続けた。

「死んだのは、柊いそら。演劇部の主力の高校二年生でね」

一拍おいてから、閑也さんが言う。

「深夜、舞台となる学校の講堂で、服毒自殺ということだった」

「毒？　学生にそんなものが手に入るんですか」

「トリカブトは、この辺りだと自生してるものだからね」

閑也さんが困った顔になる。

まあ、この田舎だと、少々稀《まれ》な植物でも生えてそうな気はする。……というか、閑也さんが温室で育てている植物は、ある種の魔術に用いるものだそうだけど、あれも表沙汰《おもてざた》になるとよろしくないブツが混じっているのではなかろうか。

「魔女とトリカブトの歴史は長いね。たとえば、『マクベス』なんかにも出てきて、魔女の源流とされるヘカテーはトリカブトを象徴としている。魔女が空を飛ぶための軟膏《なんこう》にも、このトリカブトが含まれているなんて説もあるぐらいだ。とはいえ、うちの温室では扱ってないよ」

　こちらの思考を覗《のぞ》いたように、閑也さんが言った。ついでに、ちらと隣の刑事を見やったのは、一応向こうにも釈明しているのかもしれない。くのりが檻杖の魔女なら、閑也さんは妖精《ようせい》博士といったところか。

　対して、刑事はくいと片眉を持ち上げた。

「温室とは面白そうですな。見せてもらってもかまいませんか」

「斑尾さん、容疑者を見る顔になってませんか」

「おっと失礼。職業病みたいなもので。ひょっとしてこちらの紅茶も？」

「ハーブティにはうちの薔薇とレモングラスを使ってます。そのほかもブレンドしてますが、こちらは秘密にさせてください」

　閑也さんの言葉に、斑尾は頭をかいた。

　ちびたタバコを、大理石の灰皿に置く。豪奢《ごうしゃ》な灰皿と安っぽいタバコがひどく不釣り合いで、そんな不均衡もあるのかと、妙に僕は感心してしまった。

「主役が、舞台で、毒を、飲んだ、の？」

黙っていたくのりが、口を挟む。

刑事が視線を落とし、すぐに小さくうなずいた。

「その通り。二週間ほど前になりますねえ。文化祭及びコンクールでの発表に向けて、彼女のいた演劇部は猛稽古をしていたそうで。早朝から集まって練習を始めた彼らは、主演である柊いそらの到着が遅いことに気づいた。なんたって主役がいなければ練習にならない。とりあえずそれぞれの立ち位置ぐらい確認しようと、講堂の舞台の幕を上げたところで、倒れている彼女を見つけたと」

「……どんな劇を、やる、はず、だったの？」

「ん、ええと、『赤い靴』だったか」

「服装は、劇のときの、もの？」

「ああ、そのはずですね。言われてみれば、あの靴は赤かった。普通の生徒だとアウトのはずですが、化粧もしてましたし」

くのりの質問に、刑事が相槌《あいづち》を打つ。

その言葉に、僕も横たわった少女を想像してしまった。頬と唇に塗られた化粧は、彼女の最期《さいご》にふさわしかったかどうか。

「拓海」

くのりの囁きで、空想から我に返った。

ついで、何かを訴えかけるような視線に、ため息をつく。実際のところ、なるべく関わりたくなかったのだが、さっさと本題に入れとお嬢様は言いたいらしい。だったら自分で切り出せばいいと思うのだが、こんなところで抵抗しても、ろくなことがないのは身にしみている。

「で、その事件で、どうして僕が呼ばれたんですか」

「おっと、自殺ですから、現在事件性はないということで処理されてます」

「だったら、刑事さんがこの家に来ることもなかったでしょう？」

「ははは」

乾いた声で笑って、刑事は改めて口を開く。

「残念ながら、私たちは現場をほとんど見られてないんですよ」

「どういうことですか？　警察なんですよね。死人が出たなら、嫌がられても調査できるんじゃないんですか」

「さっき言ったように、事件性がないと判断されましたからね」

と、くたびれたスーツの肩をすくめる。

「遺書もなかったわけですが、うちの幹部にはあそこのＯＢに頭が上がらない人が多くてね。通り一遍以上の捜査にはなかなか踏み込めない。恥ずかしながら、へそを曲げられると、ほかの調査にまで影響が及びかねないんで」

「それで、檻杖に相談ですか」

「まあ、持ちつ持たれつというやつです」

いかにも悪気のありそうな顔で、刑事が笑う。

「一応私の方から聞いてみたところ、警察を入れない代わりに、檻杖の人間なら入れてもいい、と理事長から話があってね」

閑也さんが、取りなすように言った。

「入れるってどうやってです？」

「うん。合同授業として扱ってくれるそうだ。君たちが構わないなら、明後日には組み込めると」

「……めちゃくちゃだ」

小さく、僕は呟《つぶや》いた。

確かに、合同授業自体はよくあるのだ。僕とくのりが通っている高校はあまりにも小規模なため、専門の教員が足りず、しばしば周辺の学校へ通うこととなっていた。とはいえ、事件の調査のため、急遽《きゅうきょ》合同授業にするなんて無茶にも程があるだろう。

この地域における檻杖の名はある種の治外法権と思っていたが、警察まで巻き込んでこんな話を持ってくるとは。

「そもそも、面倒ごとに関わりたくないとか、痛い腹を探られたくないとかで、警察を入れないんでしょう。檻杖ならいいって、どういうことですか」

「信仰みたいなものかな」

閑也さんの声音が、一瞬、ひどく冷たくなったように感じた。

「みんな忘れがちだけどね。土地には、土地それぞれの信仰がある。たとえ当人たちが覚えていなくても。檻杖の託宣ならば仕方がない、と理事長は考えたんだろう。実際、形式にこだわる親御さんほど、納得してくれるだろうしね」

「……檻杖の託宣」

その言葉を、図書館の郷土史で読んだことがあった。

食べるものにも事欠いていた時代、多くの民が檻杖の託宣を受けにきたという。たとえば、いつ雨が降るのか、いつ田植えを始めればいいかなどといった素朴なところから始まり、時には地元の豪族が戦の勝利を占ってもらうために訪れることもあったらしい。さらに時代が下れば、地元の公共事業への投資や、企業の誘致にもしばしば檻杖という名前は現れる。

つまり、久城《くじょう》市の素封家としての、檻杖の顔だ。

（……昔助けを求めてきた中に、久城の山姥《やまんば》の伝説を覚えていたものは、どれぐらいいただろう）

ふと、思う。

かたや、堂々たる地元の名士。

かたや悪鬼羅刹《らせつ》の類《たぐい》として恐れられた山姥。

一見矛盾する伝説は、あっさりその裏で繋《つな》がっている。コインの両面というよりも、ひとつの存在を異なる言葉で表現したのに近い。恐れているから敬った。敬っているから恐れた。そのふたつにどれほどの違いがあるのだろう。

あるいは、僕がくのりに覚えている感情も。

「というか、ひょっとして僕を呼んだのは」

「くのりだけで合同授業に行かせては、まともに話をするだけで一ヶ月かかるだろう。下手すれば一学期かかって会話ゼロなんて事態もありうる。となれば、ほかに頼める相手がいなくてね」

娘に対してその表現はどうかと思うが、閑也さんの評価は極めて正当である。学校という空間で、くのりのコミュニケーション能力の欠落は致命的なレベルだ。

「もちろん、相応の礼はしたい。いつも、くのりが世話になっているんだから、僕からも感謝を形にしたいとは常々思っていたしね」

無論、言葉面通りの親切な話ではない。

どうせ僕はくのりを放っておけないだろう、とそういう含みを持たせた台詞《せりふ》である。

もう一度、深々とため息をついて、

「何もいりませんよ。姉さんに怪しまれるだけですから。それより、刑事さんはくのりのことを分かってるんですか？」

くのりのこと。

つまり、それは彼女の異能のことだ。

死を味わう、死に飢える、檻杖の宿命。

刑事は、じょりじょりと無精髭の残る顎先《あごさき》を撫《な》でて答えた。

「そういうものがあってもいいんじゃないか、ぐらいですねえ。鑑識だって、科学的な定型のお仕事に思えるけど、ありゃ結構担当者の腕で違うもんですから。うまいベテランにかかりゃあ、信じられないところから指紋を発見したりしますよ」

「……なるほど」

はぐらかすような言葉だったが、少なくとも嘘《うそ》はないように思えた。

「さっきの檻杖の託宣がどうこうも、署長も似たことを言ってましてね。俺は昨年異動してきた新参者なんで、さっぱりですが……ともあれ、何らかの証拠があれば、令状も請求できますんでね」

と、刑事はニヤニヤ唇を歪《ゆが》める。

ある意味で、実質本位。霊能だろうがオカルトだろうが、役に立つなら使うよ、というなんとも大人らしい言い草だった。

「どうですか？　ご協力願えますかね？」

優美な応接室にはあまり似つかわしくない濁声《だみごえ》が、耳にしばらくこびりついた。

三

海蘭学院の朝は、礼拝から始まる。

天にまします我らが父よ、と皆が祈りを捧《ささ》げ、しんと静まり返る光景は、ある種異世界じみていた。私語どころか咳《しわぶ》きもこぼれない風景には、さすが海蘭と唸《うな》らずにはいられない。歴史と伝統にどれほどの価値があるのかは分からないが、少なくとも生徒と教師たちに徹底させるだけの意味はあるのだろう。

驚いたのは、礼拝が終わっても、その静けさが保たれていたことだ。

僕も以前はキリスト教系の進学校に通っていたのだけど、ぶっちゃけてしまえば、礼拝の場所と時間が設けられていることと、授業の講師が粒選《つぶよ》りであること以外は、ほとんどの学校と大差がない。休み時間になれば猥談《わいだん》が出て、廊下では誰かふざけている学生がいるのが常だった。無論、見回っている教師や神父に見つかれば、こっぴどくとっちめられるのも定番で、叱《しか》られた後照れくさそうに笑い合うクラスメイトを、僕も何度も見てきたものであった。

なのに、この学校では、誰の立ち居振る舞いも品が良すぎた。

ネイティブの英語教師の美しい発音とともに、ノートに鉛筆が擦れる音さえ整然としている。授業終了のチャイムが鳴り、それぞれのグループで集まって笑いさざめくときですら、小鳥の鳴き声がはっきり聞こえるほどに粛然としていた。

ある意味、終末期の病棟を想起させる静寂。

「時は春、
日は朝《あした》、
朝《あした》は七時」

光に溢《あふ》れた昼休みの廊下で、ついそんな言葉がこぼれてしまった。

それこそ進学校時代、世話になった教師が時々口ずさんでいた詩であった。

「片岡《かたおか》に露みちて、
揚雲雀《あげひばり》なのりいで、
蝸牛《かたつむり》枝に這《は》い、
神、そらに知ろしめす。
すべて世は事も無し」

事も無し、というのは嘘だ。

だって、この学校では人が亡《な》くなっているのだろう。だというのに、こんなにも眩《まぶ》しくて、こんなにも静かで、こんなにも息苦しくて。そんな美しさが許されるなら、一体そらに知ろしめしているのは誰なんだろう。

「ロバー、ト、ブラウ、ニング？」

不意に、問いかける声があった。

「だったっけ」

「うん。閑也さんも時々、口にしていた、から。『ピッパが通る』って劇詩の中で、詠《うた》われて、いる、作中詩よ、ね。『赤毛のアン』の、最後を飾る文句でも、あるわ」

また、劇だ。

どうも先回りでもされている気分になる。

振り返ると、くのりがこちらを覗き込むように見上げていた。この廊下で落ち合う予定ではあったけれど、もちろん詩なんか聞かれるつもりはなかったので、面映ゆかった。

「クラスの誰か、話せ、た？」

ことりと首を傾げたくのりに、小さく目の前で×印をつくる。

「アウト。他校の生徒だからって、あれこれ興味深そうにはしてくれたけど、事件とかそういう話題には持ち込めなかった。事件の話をするだけで、みんなよそよそしい感じになってしまって終わり」

考えてみれば、僕だってコミュニケーション能力が高いわけではないのである。絶望的なくのりよりマシという程度で、必要以上の会話は交わしたくもないタイプだ。

「ただ、柊いそらは天才だった、とは全員口を揃《そろ》えていた」

「そういえば、文化祭で、劇をやって、たん、だっけ」

「うん。この前の公開稽古みたいに、生徒が観劇する機会は多かったみたい。もちろん、みんな僕と同じような素人だろうから、劇の良し悪《あ》しがどこまで分かるかなんて怪しいものだけどね」

それでも、違う学年まで名前が響き渡るほど、印象的な相手だったのは間違いない。

「とりあえず、演劇部の顧問と話しておきたい。この時間なら食堂にいる、ということだったし。あの人ならすぐに分かるよ、とかクラスの子は言ってたけど」

「分かっ、た」

小さくうなずき、二人で歩き出す。

食堂はここ数年ほどで出来上がったばかりらしい、綺麗《きれい》な建物だった。

一面がガラス張りになっていて、柔らかな陽光が斜めに差し込んでいる。行き交う生徒たちは、ここにおいてさえひどく静かで、スピーカーから流れる穏やかなピアノの曲にふさわしかった。

目当ての相手は、本当にすぐ見つかった。

調理場のすぐそばで、長い指がパンをふたつに割っている。間にサラダのレタスとケチャップのついた鶏肉を挟み込み、さらにマスタードを追加。即席のサンドイッチに仕立てて、あんぐりと大きく口が開いた。

何度かよく嚙《か》み締めた後、唇が嬉《うれ》しそうにほころぶ。

飲み込んでから、今度は鶏肉に新鮮な玉ねぎと塩を組み合わせ、また頰張る。指についた調味料を舐《な》め取り、ほうっ、と満足げな息をついた。

「美味《おい》しそうに食べるんですね」

「ん？」

と、眼鏡の男性が顔をあげた。

癖っ毛の髪は少し長めで、あちこちの方向にはねている。教師らしい地味な服装だが、それゆえの安心感も滲《にじ》み出ていた。けして印象的ではないけれど、卒業後なんとはなしに思い出すような、そんな男性《ひと》。

「演劇部の顧問の、楷樹蒼一郎《かいじゅそういちろう》先生ですよね。ここで一番美味しそうに食事してる先生だって、聞きました」

「確かに、うちの食堂は美味《うま》いけど」

調理場の方から声がした。

「こんな嬉しそうに食べる人、ほかにいないものね。たまにアドバイスをもらうぐらい」

朗らかな調理師の声音が、彼のことをいかに気に入っているかを示していた。

「ははは、毎日楽しみにしてるものだから」

ニコニコと笑って、男性がズレた眼鏡をかけなおす。

わざわざ立ち上がって、丁寧に一礼してくれた。

「はじめまして。確かに、僕が楷樹蒼一郎です」

「薊拓海です。後ろにいるのが、檻杖くのり」

会釈《えしゃく》に、一応僕も応《こた》えた。

それから、少し潜めた声で問う。

「理事長から、話を聞いてますか」

「ええ。柊さんのことですよね？」

返した楷樹先生の顔が曇った。さきほどの食事中の表情と落差があって、いっそこちらまで辛《つら》い気持ちになってしまうほどだった。

それから、楷樹先生が周囲を見やる。

食堂は十分に広いが、もう少ししたら混んできそうな気配はあった。

「そこのテラスで、一緒に食べましょうか。薊さんと檻杖さんはお弁当でないなら、お昼ごはんを買ってきてください。今日だとチキン南蛮か豚の生姜《しょうが》焼きがオススメですよ」

すすめにしたがって、僕はチキン南蛮を購入して、外のテラスに出た。山の上でそろそろ風が冷えてきたせいか、こちらは人が少ない。意匠を凝らされた白いテーブルにトレイを置いて、近くの椅子へと座る。

少し遅れて、くのりが持ってきたのは、牛乳のミニパックだけだった。

「檻杖さんは食べないんですか」

「おなか、すいてない、です、から」

「そうですか。じゃあ、薊さんは食べながらでどうぞ」

僕に食事を促しつつ、楷樹先生が口を開く。

「当時の柊さんが思いつめていたかどうか、僕には分からなかったんです。ほかの誰よりも、僕は分かってあげるべきだったのに、残った生徒たちのケアさえ、きちんとできているなんて言えません」

沈痛な面持ちで、ぽつりぽつりと語る。

のどかな陽光がひどく寂しく、グレーのスーツの肩を照らしていた。テーブルの上で組み合わされた指先が、かすかに震えている。

当たり前なのだが、誰かが突然いなくなってしまったら、残された者も傷を負う。くのりと一緒にいると、何度となく突きつけられる事実なのだが、とりわけこの教師は、そうした傷と正面から向かい合うタイプらしかった。

ごく稀に、そんな人がいる。

与えられた傷にうずくまるでもなく、決定的に変わってしまうのでもなく、自然体のまま受け止めようとする人が。

　申し訳ない気分になってしまったが、そうもいかず話を続ける。

「事件当日のことは、どうですか」

「当時のことは、僕もほとんど知らないんです。朝の練習のとき、僕は教員室にいましたから。これについては、先に警察の方にも話しましたし、ほかの教員の方々も証言してくれると思います」

「じゃあ、どなたなら分かるんです？」

「演劇部の部員でしたら。よかったら紹介しますが、できれば彼らを傷つけることはなるべく避けていただけますか。柊さんは部員たちにとって大切な人でした。いなくなった事実を、まだみんな受け止められていません」

　最後を少しだけ強く、教師は言った。

　それこそ自分の仕事だから、と確認するように。

　視線が、僕の隣のくのりを向いた。

「檻杖の人ですね。理事長はなるべく表沙汰にはしたくない方針で、あなたを呼んだと聞きました。だったら、僕も調査に協力させてください」

「どうして、です、か？」

一瞬だけ、くのりの声がいつもとは違う調子に揺らいだ。

「当たり前でしょう。僕だって真実を知りたいです。僕の大事な教え子を奪ったものが何なのか、この目で確かめたいんです。たとえそれが、曖昧模糊《あいまいもこ》とした、本人にしか抱えようのなかった不安だとしても、せめてその近くまで寄り添いたいんです」

教師の目には、疑いようのない情熱が燃えていた。

あてられたくなくて、小さくかぶりを振ってから、僕は答えた。

「期待に添えられるかは分かりませんが、協力してもらえるなら助かります。じゃあ、部員の方と会えますか？」

「昼休みですから、いつものメンバーは部室に集まってるでしょう。薊さんが食べ終わったら案内しますよ」

どこか寂しそうに、楷樹先生が笑った。

＊

部室には、四人の生徒がいた。

授業用の校舎とは直角の位置に設けられた建物で、多くの部室や視聴覚室、理科実験室、パソコン室などはこちらに用意されている。

そのためか部室は十分に広く、壁際にはたくさんの棚が立ち並んで、さまざまな小道具や衣装が置かれていた。ほんのりと漂う芳香剤っぽい香りは、どうもそれらの衣装を守るための防虫剤らしい。

楷樹先生の話を聞いて、生徒たちがこちらを振り向く。

「部長の新寺《にいでら》慎《しん》です。三年生で、『赤い靴』では天使の役をしていました」

最初に、ひどく生真面目《きまじめ》な表情で、年上の学生が頭を下げた。

高校三年生。

おそらく、この文化祭の劇が最後の舞台ということだったのだろう。

僕らからは二年上の先輩。シャツのカラーの模様が青色になっており、そこで学年の区別がつくようになっているらしかった。

ついで、そばかすの少女も一礼する。

「二年の、倉野《くらの》麦絵《むぎえ》です。『赤い靴』ではいそらさんと代わって、主役の少女をしています。いそらさんには、まるで及ばないですけれど」

お嬢様というには、やや地味な印象のある少女だった。公開稽古の舞台では、ぎこちないながら主役には十分なだけの輝きを放って見えたのだが、美《び》貌《ぼう》よりも磨いてきた演技力によるものなのだろう。

「え、えっと、檜垣景子《ひがきけいこ》って言います。……一年生で、少女のおばあさんの役を、演じてます」

こちらは、眼鏡をかけたおさげの少女だった。

おどおどした感じが、なるほど老婆《ろうば》を演じるには良さそうだった。

「坂本正輝《さかもとまさき》。一年生や。首切り役人の役をやらせてもらってました」

最後は、にきびの目立つ、関西弁の背の低い男子。

ほかにも部員はいるようだが、メインキャストとなるのは、死んだ柊いそらとこの四人らしい。

「朝の練習のとき、立ち会っていたのはこの四人ですか」

「はい、僕らといそらさんの五人が、先に集まることになってました。来月が文化祭で、それまでに仕上げようって……誰より、いそらが一番熱心だったのに」

部長の新寺が、唇を噛む。

そんな部長を、新しく主演になった倉野が、心配そうに見つめていた。先輩を慮《おもんぱか》るだけの視線にしては、熱がこもっているようにも思えたが、そこはそれ、さまざまな人間模様があるのだろう。

檜垣は目を伏せたまま、そわそわとおさげを弄《いじ》っており、坂本はこちらを胡散臭《うさんくさ》そうに値踏みしている表情を隠そうともしてない。まあ胡散臭いのは確かだし、僕もくのりもそうした疑いを解こうとしてないので、彼の態度は極めて当然のものではある。

「昼休みは、もう終わり、ね」

時計を見上げて、くのりが確認する。

それから、

「皆さんと、一緒に、放課後、講堂に行って、もいい、ですか？」

と、彼女は提案したのであった。

四

講堂は、しんと冷えていた。

自分たち以外誰もいない、広くて静かな空間。

放課後になって、演劇部の四人の部員たちと楷樹先生、それに僕とくのりはその講堂に揃っていた。

「一体、何なんや？　あのお嬢ちゃん、なんで柊先輩のこと調べてるん？」

「分からない。楷樹先生が協力してあげてって言うから、来たけど……」

一年生コンビの、檜垣と坂本がひそひそ話し合っている。

まあ、先輩が突然自殺して、二週間ほどでようやく落ち着いてきたところを、合同授業の学生が突然やってきて、かきまわしているのだから仕方あるまい。まして、先生がなぜか協力的となれば、頭の中は疑問符だらけだろう。

ただ、事態に責任を感じているのか、部長の新寺は丁寧に説明してくれた。

「昼休みにもお話ししましたが、朝練ではまずこの四人と柊さんで集まってました。最初にパート練習をして、後から集まってくる他の部員たちに観てもらう流れです。その方が変えたところに先入観を持たずに、チェックしてもらえますから」

なるほど、言われてみると理にかなっている。

柊いそらが天才であったというぐらいしか、演劇部については聞かなかったのだが、その土台にはきちんとした練習環境もあったらしい。

「学校に集まるのが七時二十分。でも七時半になっても柊さんが来なかったので、ひとまず彼女なしでできる立ち位置の確認などをするつもりでした」

講堂の壇上に、ゆっくりと新寺が上がる。先ほどの食堂と違って、年季の入った建物らしく、ギイギイと階段の軋《きし》む音が響いた。

「ここです」

と、壇上の一点を指差す。

「倉野さんが舞台裏で操作して、幕をあげたときに、柊さんが見つかったんです」

「……ここ？」

くのりも壇上への階段を上った。

僕もそれを追って、壇上から講堂の後ろ側を見晴らす。普段は逆の立場なので新鮮な眺めだが、意外と奥の方まではっきりと見える。つまりは、校長の話で眠っている生徒なんかはおおよそお見通しということだ。

新寺の言っていた装置も、舞台裏に見える。

場合によっては、舞台で演技している役者と息を合わせて、ライトなどを操作することもあるのだろう。

「どうするんですか、薊さん」

「少し、待ってください」

言ったところで、くのりが動いた。

自然と、僕は唾《つば》を飲み込んだ。先ほど新寺が指さした地点に、くのりがそっとしゃがみこんで、床を撫でたからだ。

赤い舌が、ちろりと唇から覗いた。

全員が息を止める中、彼女の美しい横顔が床へと近づいていった。そして、王様の靴に口づけでもするかのように、その舌が艶《なまめ》かしく講堂の床を這いずったのだ。

「え、舐めてる？」

「な、なんやあれ……」

檜垣と坂本が動揺して、声をあげる。

ざあっと、少女の長い黒髪が講堂に舞った。

美しい墨絵が三次元に広がったような錯覚を、僕は見た。歌舞伎の毛振りにも似た鮮烈な色と動きとともに、

「ごめんなさい」

いつものくのりとは、まるで違う声があがったのだ。

「ごめんなさいごめんなさいごめんなさい。私は逃げ出した私にはできなかった私はどうしようもなかったごめんなさいごめんなさいごめんなさい私はやめられなかった私は抜け出せなかったごめんなさいごめんなさい」

喉元《のどもと》が焼けつく錯覚を覚えるほどの、強烈な情念を宿した声音であった。

無機質でたどたどしい、先ほどまでのくのりの口調からは考え難い変化——しかし、それを聞く彼らが演劇部だからこそ、演技などではありえないと理解できてしまう。

鬼気迫る少女の台詞が、文字通りに幽冥《ゆうめい》の彼方《かなた》から再現しているものなのだと、本能的に悟ってしまう。

同時に、

（……やめられなかった？）

僕は、そのフレーズにひっかかっていた。

くのりの再現する死者が、奇怪な言葉を繰り返すのはいつものことだ。死ぬ前の一瞬に走馬灯を見るかのように、彼らは死の直前にさまざまな想《おも》いを圧縮してしまい、それを解凍するくのりは、失敗したコピーのような言動を反復することとなる。

だが、その言葉自体は、紛れもなく真実なのだ。

嘘つきと揶揄《やゆ》されるくのりだけが見出《みいだ》す、死者の本当。

「ごめんなさい許して許さないでごめんなさいごめんなさい私はなれなかった私は足りなかった私は偽物《にせもの》だった私は愚かだった私は私は私は私は私は私は私は私は私は私は私は私は私は私は私は私は私は私は私は――！」

絶叫が、講堂に響く。

そして、

「……誰か」

掠《かす》れた声が続いた。

「……誰か……助けて」

ぷつりと、そこで言葉が途絶えたのだ。

糸が切れたかのごとく、くのりが前にのめり、中空で停止した。

数秒、時間が止まったかのようにも思えた。そして、今度はゆっくりと持ち上がる。

彼岸花が咲くところを、僕は想像した。美しくも恐ろしい、此岸《こちら》とは違う何かを、彼女の横顔は湛《たた》えていた。

「ない、わ」

と、その唇が訴えた。

本来のくのりの口調であった。

「彼女が、柊いそらが、持ってい、たはずの、ものが、ない」

「なんのことです？」

恐る恐る尋ねた楷樹先生に、くのりが答えた。

「壜《びん》」

言って、細い右手を差し出す。

「彼女は、小さな壜を持っていたはず。手の中にギリギリ収まってしまうぐらいの、小さな……多分、プラスチックの壜」

ほとんど何かに憑《つ》かれていたような――いいや、ある意味で実際に死者に憑かれていた彼女の言葉など、到底すぐ信じられるものではない。

「……確かに、柊さんはいつも持っていたね」

しかし、楷樹先生はいち早く、演劇部の部員たちを振り返った。

「みんなも見たんじゃないか？」

その問いとともに、部員たちがそれぞれを見回す。

誰もが今見た光景を消化しきれず、だからこそ、先生の言葉にほとんど自動的に従ってしまったようでもあった。実際、このタイミングでなければ、彼も黙り込んだままだったかもしれない。

「あの……」

一年生の坂本が、手をあげたのだ。

「あのとき……幕を上げたんは、倉野先輩やったよな？　もしも上げる前に、柊先輩を見つけてたら、小さな壜を持っていくぐらいはできたんちゃうか？」

「あ……！」

倉野の表情がひきつっていた。

柊いそらに代わって、『赤い靴』の主役となった少女であった。

楷樹先生が、訊《き》く。

「倉野さん、どうですか」

呼ばれた倉野が、硬直する。

まだ暗くなるまでには少しあるのに、幽霊でも見てしまったかのような顔色をしていた。いやいやとかぶりを振り、数歩後ずさる。

「違う。違います」

上ずった声で返す。

ああ、こんなの、隠し事をしているのが明白すぎる。それこそ、こんなときに演技のひとつでもできたら良かったのに。

「私、私、そんなこと、していません……！」

今にもふたりめの自殺者になりそうなぐらい、倉野の表情は切羽詰まっていた。蠟《ろう》のように顔が白くなり、哀れなほど足が震えている。

コップの縁ギリギリまで注がれてしまった水を思った。

あと、ほんの少しきっかけがあれば、表面張力が破れ、少女の心も砕ける。

それが分かるから、同じ部の誰も何も言えず、近寄ることさえできなかった。

「大丈夫」

いや、ひとりいた。

「大丈夫です、倉野さん」

と、もう一度、楷樹先生が言った。

「君が何を隠していてもいいんです。大丈夫です。僕が聞きます。倉野さんが安心できるまで、いくらだって聞きます。だから、ほんの少しだけ、ゆっくり息をしてください」

あまりに、真摯《しんし》な言葉であった。

何も特別なことは口にしていないけれど、代わりに、疑いようのない慈《いつく》しみと誠実さがこもっていた。怯《おび》える生徒に対する共感があった。おおよそ他人というものを端《はな》から信じない僕ですら、かすかに心を動かされてしまうほどのひたむきさが、生徒と向かい合った教師からは発されていた。

「楷樹先生……私……」

少女が呻《うめ》く。

やがて、倉野の顔から危険な陰が薄れていったのだ。

「大した、もの、ね」

すぐそばで、くのりが囁くのが聞こえた。

僕以上に、他人に関心を持たない彼女の、それはひどく珍しい称賛だった。傑出した才能でもなんでもなく、ただ人に歩み寄ろうとする気持ちが、何らかの結果を生むこともあるのだった。

しかし、そんな感慨もすぐに別のものへと取って代わる。

「……私、知ってたんです」

と、倉野が告白する。

「いそらさんが、時々、変な飴《あめ》……多分、薬を飲んでること」

「薬？」

鸚鵡《おうむ》返しに呟いて、僕はすぐその意味を悟った。

同時に、衝撃で立ち尽くす。

いきなり暴露された事実に、演劇部の部員たちはもちろん、今度ばかりは楷樹先生も唖《あ》然《ぜん》として言葉を失った。

（柊いそらが、何かの違法ドラッグをやっていたってこと……?!）

五

「薬の成分、分かりましたよ」

斑尾刑事と再会したのは、翌日の放課後だった。

海蘭学院のある山の麓《ふもと》、近場の駅構内につくられたチェーン系の珈琲《コーヒー》店である。アメリカはシアトルで始まった喫茶が、こんな日本の片田舎でも営業して、陽気なヒップホップをかけている。これは文化の均質化なのか、はたまた多様化なのか。

他の客とは距離をおいて、僕らは店の隅のテーブルを囲んで座っていた。

店内が禁煙なためか、刑事は口寂しさを誤魔化すように、ニューヨークチーズケーキを食べている。ただでさえ小さいケーキを、さらにフォークで細かく分けて、ブラックのコーヒーとともにほぼ同じ間隔で摂取していた。

コーヒーカップのほか、テーブルの中央には、ガラス壜の写真が置かれている。

倉野麦絵から回収した壜であった。

「最近流行《はや》ってるタイプの違法ドラッグですね、いや厳密には違法じゃなくて危険ドラッグって分類されてますな」

と、斑尾が言う。

「原料自体は別に違法でもなく、それなりの知識と道具があれば精製できちゃうそうでして、取り締まりきれないんですよ。なんで、お値段は高校生でも手を出しやすく、効用はいわゆるアッパー系。キャンディみたいに成形されていて、色が各種あるのと、相性のいい人は虹色の幻覚を見ることから、レインボーって言われてるそうで」

レインボーと呼ばれるドラッグは他にもあるが、これは最近流通している新型ということだった。

その説明が一段落してから、僕も言う。

「倉野麦絵は、いそらさんがそんな薬をやっていたなんて、ほかの誰かに知られるのも受け入れられなかった、と言ってました」

彼女にとって、それだけ柊いそらは特別だったのだろう。

ある種の信仰心じみた憧《あこが》れが、咄嗟《とっさ》に、いそらの抱えていた壜を奪わせたのだ。しかし、奪った壜をどこに捨てることもできず、そのまま鞄《かばん》に仕舞い込んでいた。

結果、そのまま刑事に渡すこととなり、この喫茶に至ったのだった。

「まあ、これで十分に追い詰められる理由があったことにはなりますが」

「じゃあ、調査も終わりですね」

と、僕は息をつく。

後ろ髪を引かれる思いはあるが、くのりに興味があるのは死の味だけだ。

事件の真相探りなんて、探偵じみた行為は専門外。合同授業なんて言い訳に付き合うのも終わり。

しかし、

「私は、もう少し、調べて、みたい」

と、隣に座ったくのりが言ったのだ。

「どうして？」

「彼女の死を、きちんと、味わえて、いない、から」

それもまた、彼女らしい言葉ではあった。

物語を読み解くのに文脈《コンテクスト》が必要なように、死者を十全に味わうにもその背景は必要となる。気になった死者については、くのりがこうした情報を知ろうとするのも、ままあることだった。

（……だから、深入りしたくはなかったんだけど）

一応、悪あがきを敢行すべく、口を開く。

「でも、ここから先は警察がやるんじゃないか」

「いやまあ、檻杖さんが良かったら、こちらとしてももう少し協力していただけると嬉しいですねえ」

　などと、刑事は言い放ったのである。

「どうしてです？　これで警察も踏み込めるんじゃないですか」

「自殺の裏にドラッグが、とは言えますが、このレインボーはそこまで危険視されている代物《しろもの》じゃなくてね。まだ指定薬物にもなってない。だから、捜査に腰が引けてる連中を説得するには、もう一押し欲しいところでして」

　へらへらと笑って、目を細めた。

　ずい、と机に乗り出す。片眉《かたまゆ》を上げながら、くのりを睨《ね》めつけて、斑尾が尋ねる。

「それに、あなたの動きが面白い。本当に死者の声が聞こえるんですか？」

　いかにも興味本位といった声に、僕はつい顔を顰《しか》めてしまった。

　音楽が変わる。

　コーヒーの香りとよく合う、五〇年代から六〇年代のアメリカンポップス《オールディーズ》。確か、ヤング・ワールドとかいう曲名だったか。

「私は、あれが本当に死者かどうか、か、は、分から、ない」

　視線を落としたまま、くのりが言う。

「ただ、私は、そう感じて、いる。だったら、それ以上の証明は必要、ない。私は私の感覚しか、感じられない、し、信じられない、から」

「なるほど……不思議なものですねえ」

本当にそう思ってるかは極めて疑わしい声音で、刑事がうなずいた。

それから、答えてもらった礼とでも言うように、壜の写った写真をつついて、口を開く。

「この薬が出回っているの、いわゆるマッチングアプリのサークルなんですよ。マッチングアプリで知り合った相手同士で、隠語を使って売買アプリで取引しているから、全貌《ぜんぼう》が警察でも摑《つか》みきれてない。で、そうしたサークルの中には自殺系サイトもあるようで」

「――――っ」

あまりに今回の話と、嚙み合いすぎている。

刑事の側も、もちろんそういう意図はあったらしい。苦笑しながら、そっと唇に人差し指をあてた。

「もちろん、この話もさっきの薬のことも、胸に秘めておいてくださいね」

「薬を使えば、自殺するようになるんですか」

「いやいや、そういうわけじゃない。このレインボー自体は、あくまで向精神薬の効用があるだけです。ただね、自殺系サイトに集まる方々は、最初からそういう願望があるわけですし、こうした薬はそのための思い切りを与えてくれたりします」

「思い切り、ですか」

「そうそう。ぼんやり死にたいなあなんて、たくさんの人が思うけれど、大抵はだらだら生きちゃうわけじゃないですか。いくら死にたくても、自殺を思い切るのは難しい。このラインを超えるためには、ある意味、負の精神力がいるんですね。だから、薬でハイになったり、サイトの他のメンバーに後押しされたりしたい、という需要もあるわけです。いやあ、需要と供給がここに成立するわけですなあ」

　自分で言っておいて、感心したみたいに、刑事がうんうんと首を縦に振る。

　需要と供給。

　世界のどこにでもある、経済活動の論理。

「……どうして、自殺したくなるんでしょうか」

「自分には、価値がない」

　即座に、斑尾が返してのけた。

「そう考えるからですよ。もちろん、個々の自殺にはいろんな事情とパターンがあるわけですが、雑にまとめてしまえば、そういう話でしょ」

価値がない。

それは、とても分かりやすい。

生きていくためには、さまざまな努力が必要だ。金を稼ぐだとか勉強するだとか周囲の人々と付き合っていくのだとかはもちろん、毎度食事を摂《と》るのだって、一度面倒だと思ってしまえばしんどくなってしまう。

自分に価値があるからこそ、そうした面倒臭さに付き合っていける。
だけど、その価値を信じられなかったら？

「柊いそらは、天才と褒めそやされてました。それでも価値を信じられなかった？」

「さて、それこそ凡人の俺には分からない。大体、自分の価値がどうだとか考えられるほど、ヒマな職業じゃないですからねえ」

歪んだ唇から、ヤニで汚れた歯が覗《のぞ》いた。

「ただまあ、よく誰だって価値があるって言いますけれど、それって誰だって価値がないのと同じじゃないですかね？」

その言葉を最後に、刑事が立ち去った。

ドラマだとお支払いぐらいはしていきそうなのだけど、この珈琲店は先払いで、もちろん個々にレジを済ませているので、なおさら締まらない。

僕とくのりだけが、残された。

古いアメリカンポップスは、ギターの音色とともに、陽気に歌い上げている。リスニングには疎《うと》いが、おおよそこんな意味なのは分かった。――あなたが、私の人生に生きる価値を与えてくれる。

そうであったら、きっと幸せだったろうに。

隣の彼女は、ドリップコーヒーを前にしたまま、何も知らぬげに髪をいじっていた。

「また、長くなった、気がする」

「二週間前に毛先を整えたばかりだよ。君の髪が伸びるのは異様に早いけどね」

それこそ、どこの怪談の日本人形かという勢いで、くのりの髪の毛は伸びているわけだが、これも彼女の体質なのかもしれない。

続けていると、また食い下がられそうだったので、話題の変更を試みる。とはいえ、気の利《き》いたお題を捻《ひね》り出せる機転もなかったので、元の話題に戻してお茶を濁す。

「くのりは、価値って、どう思う？」

「そんなの、幻よ」

囁いたのは、花弁のような唇だった。

いくら見慣れても、美しいことには変わりない。そんな感想を口にすることは、一生ないだろうけれど。

彼女らしい言い草におかしくなって、苦笑を噛み殺す。

「幻か。だったら、生きたいとか死にたいとか、いちいち思い悩むこともないんだろうけれど」

「違うわ、よ」

と、少しだけきつく、くのりが否定した。

「だって、幻が、現実より意味が、ないって、誰が決め、たの？　幻のために生きたいって、思って、何がおかしい、の？」

びりっ、と体の内側に小さな雷が走った気持ちになった。

「そうだね」

と、自分の舌が動くのを、他人のように感じていた。

「本当に、そうだ」

生きていくために、必要な幻想はある。

僕たちが人類と同じ数の幻想を抱えているくせに、そのひとつだって、本当の意味では誰とも共有できないとしても。

髪と同じくらいに黒い、くのりの瞳《ひとみ》が、僕を映していた。

身じろぎもせず、あんまりにぴたりと静止してこちらを見つめているものだから、その瞳に吸い込まれそうな錯覚がした。

「えっと、どうしたの？」

「大切にしたい、と思って、いる、の」

いつもと同じ表情で、くのりが言った。

何のことを、だろう。

彼女もそんな風に思うことがあるというのは、僕にも意外だった。それなりに濃い付き合いのはずだが、やはり知らないことはあるものだ。

「でも、どうやったら、大切に、できるの、かな」

「分からない」

「楷樹先生は、大切にできたの、かし、ら」

「かもね」

そういう人だから、すぐに倉野麦絵を落ち着かせることができたのかもしれない。

そして、そんな人であっても、柊いそらの自殺を防げなかった。

学校中で天才と褒めそやされ、近しい部員たちにも慕われ、他人を大切にできる顧問に見守られていたからこそ、柊いそらがドラッグに手を出した挙句に自害したという事実は、満開の桜にぽっかりと開いた虚《うろ》のように不気味だった。

なぜ、柊いそらは死なねばならなかったのか。

（人の気持ちなんて分からない、と言ってしまえばそれまでだけど）

ぼんやり、僕は考える。

――『それって誰だって価値がないのと同じじゃないですかね？』

刑事の最後の言葉が、脳内でリフレインした。

話題を引っ張ることもなく、彼女は立ち上がった。

「帰るの？」

「いいえ。私、柊いそらを、知りたく、なったの」

キッパリと、くのりは言った。

六

柊いそらのスマートフォンは、学校側が保管していた。

すでに事情は説明してあるというか、理事長のお墨付きなので、こちらに渡してもらうのは思いのほか簡単だった。一度言い出したら退《ひ》かないくのりの性質を考えると、場合によっては夜に忍び込まなければならないのでは、とまで悩んでいたわけだから、これは望外の幸運であった。

もっとも、当然スマートフォン自体にはロックがかかっていたのだが。

夕焼けが、山間も校舎も赤く染めている。

僕らは、とりあえず学校の裏庭のベンチに座って、教頭から回収したばかりのスマートフォンを見つめていた。

「リンゴ印のやつだから、警察でも中身を調査できなかったとか」

確か、この機種のアンロックは、アメリカの警察でも手こずっていたから当然のことかもしれない。

回線の契約自体は、月末まで生きているそうだ。

なお契約の主体となっている柊いそらのご両親は、葬儀で棺《ひつぎ》に縋《すが》って泣いていたらしい。部員たちと同様、ご両親も十分な愛を注いでいたのだとしたら、なおさらドラッグや自殺に至った結果をどう受け止めればいいのだろう。

「貸して」

渡したくのりが液晶画面に数字を打ち込むと、あっさりスマホが解錠された。

「なんで」

「あの時の彼女の記憶に、番号も埋も、れてた、から」

「君に触れられるところじゃ死ねないな」

「見て」

スマートフォンを返されて、仕方なく画面の情報をチェックする。

SNSなどを熱心にやっていたわけではないらしい。

海蘭では、名目だけとはいえ生徒たちにSNSを禁止しているのだから、これは当然だろう。あれこれ入ったアプリを精査するより、設定を開いて、使用頻度の高いものを選び出す方法を取った。

（……これは）

十分ほど僕が操作したところで、くのりが問いかけてきた。

「見つか、った？」

「いや。柊いそらはずいぶん慎重に使ってたみたいだ。履歴がぱっと見は残らないようにしてるか、このスマホとは別のところで自殺系サイトと連絡を取っていたのか」

そもそも、自殺系サイトで良く使われるというだけで、確実に繋《つな》がりがあったと証明できたわけでもない。それが証明できるなら、それこそあの刑事が自分で動いていただろう。

「ＳＮＳもまるで使ってないな。クラス全員のＳＮＳに入ってはいるけれど、ほとんど発言がない。いくつかゲームのアプリが入っているけれど、話題を合わせるために入れただけなのか、プレイ時間はどれも二時間もいってない」

スマートフォンから伝わるのは、彼女の生活がひどく透明だった事実だけ。

――『誰か……助けて』

くのりの再現で、最後にそう言い残した切実さが、携帯端末の内容からは感じられなかった。

柊いそらにとって、それはただの通信機器に過ぎなかったということか。

「でも、動画はたくさん撮ってるな。演劇部の練習っぽい。通信履歴があるのも、演劇部部員ばっかりかな。詳しく調べたら、他のことも分かるかもしれないけど」

「どうかしましたか」

不意に、聞き覚えのある声がかかった。

楷樹先生が、ちょうど校舎裏の出口から現れたのだった。

隣には、ショートカットの少女がいた。背は低く、ややあひる口。藪《やぶ》睨《にら》みな感じで、片手にはかじりかけのエナジーバーを握っている。

「楷樹先生。いえ、くのりと話していました」

立ち上がって挨《あい》拶《さつ》しつつ、さりげなくスマートフォンをポケットに隠すと、楷樹先生は小さくうなずいた。

「そうですか。こちらは柊さんのルームメイトの、灰《はい》村《むら》さんから話を聞いていたところでして」

「ちわす」

面倒くさそうに、少女がちょっとだけ頭を下げた。

お嬢様学校の海蘭には極めて珍しい、はすっぱな態度であった。

「あたし、二年の灰村香《か》織《おり》。あんたらが、いそらについて調べてるとかいう合同授業の？」

「あ、はい。薊拓海です。こっちは、檻杖くのり」

思考のせいで、一瞬返事が遅れた。

すると、

「ふふん、海蘭にあたしみたいなのがいると不思議？」

相手の方から、ずばっと投げ込んできたのだ。

こちらが瞬《まばた》きしたのを図星と見たのか、にんまりと唇の端をつりあげる。

「あたしはいわゆる高校組の奨学生だからね。最後に東大なりなんなり、適当な国立大学に受かれば文句言われないんだよ」

なるほど、成績枠。

意外……というと良くないけど、自分から言い出すあたり、よほど勉強が得意なのだろう。

スマートフォンでもほとんど分からなかった柊いそらの情報が、ルームメイトだったという彼女からなら、もう少し得られるだろうか。

同じことを考えたのか、くのりが口を開いた。

「あなたから見た、柊いそらってどう、だった？」

「執念の塊」

と、灰村は即座に返した。

「毎日録画した自分の姿を確認して、こうじゃない、腕の高さが三センチ違う、振り向くのが遅すぎる、こんなのじゃ伝わらない……って呻くように言ってたよ。鬼気迫るってのはああいうことをいうんだろうね。あたしはイヤホンして勉強してたから気にならなかったけど、ほかの海蘭生じゃルームメイトは無理だったろ」

　いわゆる天才肌の行動とは、また異質な証言であった。

　それをどう受け止めていいか考えていると、くのりがまた尋ねた。

「柊いそらは、クスリとかやって、た？」

「直球だなあ」

　と、灰村が猫みたいに笑った。

　ちら、と隣の楷樹先生を見やってから、

「それっぽいのを飲んでるのは見たことはある。だけど、それこそキャンディか何かだと思ってたね。実際、カプセルを飲んでても不思議に思わなかったんじゃないかな。最近だとスマートドラッグとかあるし」

「スマートドラッグ」

　聞いたことはある。

　事前に飲むことで勉強の効率が良くなる、とかいう触れ込みのものだ。無論、依存性や中毒性、危険性などの面で、違法ドラッグ・危険ドラッグの類とはきっぱり区分されているのだろうが、確かに他人からは分かるまい。

「でも、通学組はともかく、海蘭の女子寮だと宅配便さえ寮監にチェックされるからね。手荷物検査に至っては全員平等、生徒どころか先生も列に並ばなきゃいけないっていう呆《あき》れるぐらいの箱庭ぶりだよ。うん、さっき先生にもだいたい同じことを話したよね」

「そうでしたね」

と、楷樹先生が認める。

文化祭前だと、先生側だって何かと忙しいだろうに、こちらの調査の裏付けをとっていてくれたらしい。なお合同授業に参加しているという体《てい》の僕らは、こうした手荷物検査は免除されてたりする。

「先に、私は教員室に戻ります。すみませんが、灰村さん、薊さんたちから質問があるようでしたら、答えていただけませんか」

「はいはい。――あ、先生」

かじりかけのエナジーバーを、灰村が放り投げたのだ。

「やるよ。今日は昼飯食えてないって、ぼやいてたろ」

「ありがとう」

受け取ったエナジーバーを、もう一口、楷樹先生がかじりとる。ほう、とこぼれた微笑があまりに幸せそうだった。

そのまま、夕焼けの滲《にじ》む校舎に遠ざかった背中を見送り、灰村は呆れたように言う。

「あんな安っぽい味のエナジーバーでも、美味《うま》そうに食うんだよな、楷樹先生」

「本当に、そう、ね」

これには珍しく、くのりが同意した。

「まあ、あのいそらでも、先生に助けられたのは感謝してたしな」

「楷樹先生が、助けた？」

突然の新情報に、僕が思わず口にすると、灰村は手を打った。

「ああ、そっか。あんたらはそりゃ知らないか。柊いそらって、元々イジメられてたんだよ。それを楷樹先生が助けたんだってのは、海蘭じゃ一時期良く話題になったんでさ。イジメから立ち直ったスタアってのは、いかにもだろ」

（……逆に、言えば）

と、僕は考えずにいられなかった。

楷樹先生は、自ら助けた生徒に死なれてしまったのだ。僕らの調査にひどく協力的だったように思われたが、そこにも理由はあったのか。

「何が、あったんです？」

「一度だけ、いそらに聞いたことがあるよ。校舎裏で生ゴミを食わされかけてたのを、先生が止めてくれたんだって」

「……………」

よくあるイジメだが、口の中に嫌な臭《にお》いが充満するのを想像してしまった。

それは、食という行為が、生きることの中心にあるからだろう。

初めて出会ったときから、楷樹先生が嬉《うれ》しそうに食べることに、つい感情移入してしまうように。あるいは、くのりが人の死なんて突拍子もないものに飢えていることに、どこか共感できてしまうのも。

くのりが口を開いた。

「イジメていた、生徒は分か、る？」

「えーと、誰だったっけかな。そりゃまあ配慮として名前は伏せられてたんだけど、実際学校の中で隠せるわけないからね。複数条件の当てはまる相手を調べていったら、あっさり特定できたよ」

思い出すためのルーティーンなのか、リズム良く自分の右手の親指と中指を数回打ち合わせてから、少女は顔を上げた。

「ああ、そうだ。同じ演劇部の倉野麦絵だ。確か、いそらが入るまでは、彼女が演劇部のホープだったんだろ」

七

家に戻ると、ちょうど姉が理容店を閉める時間だった。

各種鋏《はさみ》の手入れをしつつ、小気味いいぐらいの手《て》際《ぎわ》で仕舞っていく。我が家の手伝いをさせられるのは苦手だが、そうした姉の仕事ぶりだけは嫌いじゃなかった。昔のことで、もう朧《おぼろ》にしか覚えてないが、父がお客の髪を切っていく風景も、ずっと飽きずに見ていたような気がする。

「やっと帰ってきたか弟……って、どういうワケ？」

姉が目を丸くしたのは、僕の後ろに、もうひとり佇《たたず》んでいたからだ。

「失礼、しま、す」

「あ、姉さん。飯とかはいらないから」

面倒なことになる前に、彼女と連れ立って、二階の部屋へと上がる。

くのりの家に行った方が変な勘ぐりはされなかった気もするが、今回はくのりの側からたまには僕の家を使うべきだと提案されたのだった。柊いそらのスマートフォンの中身をそこらの喫茶店で覗くのも憚《はばか》られたため、遺憾ながらその提案に乗ることとなった。

僕の部屋に入ってすぐ、くのりはぐるりと見回してから、口を開いた。

「意外と、綺麗《きれい》なの、ね」

「ものが少なくて殺風景なだけだよ」

ファッションにも音楽にも興味がないので、自然と部屋は寂しくなる。

以前、宇《う》治《じ》垣《がき》が訪ねてきたことがあるのだが、お前の部屋は生活感がねえぞ、二時間ミステリードラマの犯人宅か、とのことであった。

ベッドと、勉強机と、教科書とノート用の小さな本棚で終わり。今年戻ってきて、とりあえず今の自分に合うよう入れ替えたばかりなので、なおさら持ち主の顔が浮かび上がってこない。

どこを彼女用のスペースにしようかと考えていると、くのりがベッドに座って、ぽんぽんと隣を叩《たた》いた。……なんでお前が、部屋の主人みたいな顔をしているのか。

とはいえ、逆らうだけ時間の無駄だ。

観念して、そこに座ってから、柊いそらのスマートフォンを取り出す。

「映像はたくさん撮ってる、って、言ってた、よね？」

「うん。言われてみると、本人も多いけど、倉野麦絵のものも多いかな」

あらかじめチェックだけはしていたので、めぼしい動画から再生する。

覗き込んでくる彼女の体温が、肩越しに伝わった。さらりと流れた黒髪の感触は、やはり天鵞絨《びろうど》のように柔らかかった。こんな風に、当たり前に彼女が隣に座るのは、小学生の頃以来だったろうか。

液晶画面の内側で、演劇部の練習光景が始まる。

柊いそらが演じた『赤い靴』であった。

十数分ほどして、画面を指さしたくのりが尋ねた。

「これって、凄《すご》いの？」

「さあ」

技術については、確かに素晴らしい。

倉野麦絵による『赤い靴』の少女もけして悪くはなかったが、確かに柊いそらはぐっと目を惹《ひ》く。単純な滑舌や表情作りはもちろんのこと、観客に訴えかける表現力も高校生離れしている。この時の少女が抱えていた感情が、これでもかと伝わってきて、苦しくなるぐらいだった。

しかし、天才かと言われると、僕にはさっぱり分からない。

悲しいかな、最初に柊いそらを欠いた演劇を見たときには偉そうな品評を心の中でしていたが、そもそも演劇を批評する素養などないのであった。

「というか、僕よりくのりがこういうのは詳しいんじゃ？」

「閑也さん、は好き、だけど、私はさっぱり」

まあ、そういう気もしていた。意外と好みはジャンクなお嬢様である。

他の動画も見ながら、僕の脳裏には、いつかのくのりの声がこだましていた。

――『私は逃げ出した私にはできなかった私はどうしようもなかった』

柊いそらを依《よ》り憑《つ》かせた叫び。

何から、彼女は逃げ出したのだろう。

思い描くような天才からだろうか。それとも、『赤い靴』の主役からだろうか。彼女が抱えて、抱えきれなくて、毒を呷《あお》らざるを得なくなった理由も、この動画に込められているのだろうか。

適度に早送りしつつ、ピックアップした動画を見ていく途中で、

「あれ？」

と、疑問がつい口をついて出てしまった。

「どうしたの？」

「いや、これは昨年の動画みたいなんだけど……ずいぶん印象が違うなって」

液晶画面には、柊いそらではなく、倉野麦絵が映っていた。

演目は、『オズの魔法使い』。

以前は、倉野麦絵が演劇部のホープだったというが、これだったら、十分うなずける。どうにも地味だった第一印象は綺麗に垢抜《あかぬ》け、イキイキと主役のドロシーを演技していた。ブリキの樵《きこり》を演じる新寺慎を振り回し、勇気のないライオンや知恵のないかかしを演じる、卒業した三年生らしき他の役者の誰よりも、光り輝いていた。

画面の端には、いそらも映っている。

当時の彼女は、倉野と逆になったかのような雰囲気だった。兼役で、名前のないモブを複数やっているようだが、これといった感想が浮かばない。主役になった彼女と同様に、基礎がしっかりしているのは分かるが……いや、これ以上は余計だろう。いずれにせよ、僕には演技の良し悪《あ》しなど判別できやしない。

「貸し、て」

今度は、スマートフォンをくのりが握って、たくさんの写真に指を滑らせていく。

途中で止まって、こちらに尋ねてきた。

「これは、倉野麦絵と柊いそら？」

楽屋での動画だった。

鏡の前で、倉野麦絵が座っており、その横合いから柊いそらが筆をかまえている。

「メイクだ」

と、僕の唇からこぼれた。

一年前、倉野麦絵が主役だった頃だ。

「倉野麦絵のメイクを、柊いそらがしていたのか」

大人の劇団ならば専門家を呼ぶところだが、高校演劇ではそうはいかない。照明にせよ演出にせよメイクにせよ、学生がやるしかない。人数が少なければ当然兼業となり、役者がメイクをやるのも自然なことだろう。

柊いそらは、ひどく真剣な表情だった。

倉野のまぶたのあたりに、化粧筆が優しく触れて、少しずつ彼女を塗り替えていく。

まるで、少しずつ硬い蕾《つぼみ》がほころんでいくところを見るようだった。化粧というよりも、倉野麦絵という少女の裏側に隠れていた何かを、根気強く発掘していく作業のようだった。

「柊さんが、倉野さんにイジメられていた、っていうのは、この頃？」

さっきの灰村の証言だと、そうなるように思う。

考えてみれば、当時の倉野は一年生だったはずで、主役に抜擢《ばってき》されるということ自体、本来は例外的なことだろう。

ならば、そんな彼女が同級生に追い抜かされたなら。

（それは……）

あるいは、殺すほどの動機になりえるのか？

いいや、そもそも、いそらはどうしてここまで変わったのか。

「……努力したから？」

呟《つぶや》いて、僕は沈黙する。

人間はさまざまに成長するし、この年頃ならばほとんど別人になることだってある。

でも、このふたりの変化は、何かが異なっているような気がした。

「どっちかというと……」

何かが、頭の中で形を取りそうだった。

曖昧模糊《あいまいもこ》としたものが、胸に詰まっているような、もどかしい気分。

「……まるで、一度、死んだみたい、ね？」

僕が引っかかっていた違和感を、ずばりと彼女が言った。

死んで、生まれ変わる。

柊いそらの変化を表現するならば、その方がしっくりと来る。

一度死んで、生まれ変わって、

「そして、自殺した？」

「かもしれ、ないわね」

理由は謎《なぞ》のまま。でも、人の気持ちなんて分からないものだ。周囲から見て人生の絶頂にいる芸能人が自殺するなんて、ニュースでもありふれているだろう。

しかも、その柊いそらが違法ドラッグをやっていたなんて情報もある。新しい自分に生まれ変わったはいいが、そのまま衝動を制御しきれず、自害に至ったとしてもおかしくはあるまい。

筋は通る。

「筋だけは通ってるけど……」

こんなのが単なる辻褄《つじつま》合わせなのは、僕自身が一番よく分かってる。目に映る欠片《ピース》をそれっぽく嵌《は》め込んでみただけの代物だ。これがジグソーパズルなら、浮かび上がる絵はバラバラ死体のごとき有様だろう。

　何かが、足りていない。

　僕の視点から見えてない欠片がある。

「……死ぬって、どんな気分なんだろう」

　こぼれた呟きに、思いがけない返答があった。

「知りたいの、拓海？」

「うん？」

　振り返るより、相手の行動が早かった。

　手首を、握られる。

　そのまま、思いがけないほどの力で、ベッドに引き倒されたのだ。真《ま》っ直《す》ぐ、夜の星のような瞳がこちらを見下ろしていた。十秒ほど黙ったままで見つめ合い、やがて彼女の唇がこう尋ねた。

「拓海は、殺されて、みたい？」

「ごめんだね」

　答えた僕の首に、ひんやりとしたものが巻きつく。くのりの指だった。

「私は、いつも、死にたいって、思ってる、わ」

血を吐くように――いつもと何も変わらずに、くのりが言った。

「どうして？」

「みっともない、から」

親指と人差し指に、力がこもる。

一瞬意識が遠くなった。これはまずい。くのりの指は綺麗に頸動脈《けいどうみゃく》を押さえている。大した力をこめなくても、行き着くところは三途《さんず》の川である。

「あさましい、から」

中指と薬指も、それに続いた。

ゆっくりと、僕の部屋が薄らいでいく。

頭部への血流が滞っているのだ。顔の側面が痺《しび》れて、徐々に冷たくなる。彼女の長い黒髪が、開いたシャツの胸元に触れてくすぐったいのだけが、現実っぽかった。

「死んで、しまえばいい、のに」

誰のことだろう。

僕のことか。くのりのことか。それとも、ふたりともだろうか。

熱い息遣いが、額に触れる。

「死んだら、食べられる、のに」

濡《ぬ》れた温かいものが、額から右目へと這《は》いずっていく。瞳を舐《な》められる感触は、麻《ま》痺《ひ》していてほとんど分からなかった。

ぷつり、と意識が途切れる寸前、手が離れた。

冗談だった、なんて風情《ふぜい》ではない。ぼんやりとした意識の向こうで、かすかな振動音が机の上で鳴っていることに、僕は気づいた。

「電話」

ゆっくり回復してきた視界とともに、僕は何度か咳《せ》き込んでから、自分のスマートフォンの画面をタップする。

「命の恩人だ」

「なんだそれ。お茶菓子ぐらい持っていった方がいいのかと思って、先に電話してやったんだぞ。取り込み中だとまずいだろが」

姉であった。

どうやら、理容店の片付けが終わったらしい。

もう帰るからいらない、と言って振り返ると、すでにくのりはベッドを降りて立ち上がっていた。さきほどまでの殺意は微塵《みじん》も感じられない。被害に遭ったのが他人であれば、幻でも見たのではないか、ということだ。

「私が知りたいのは、ひとつ、だけよ。あの死をきちんと、味わうのに、どうしても、必要、だから」

「何が、ごめんなさい、なのかよ」

唇を尖《とが》らせるようにして、くのりが念を押す。

「分かってる」

彼女が味わった、柊いそらの残した言葉だ。

いくつもの要素があった中で、それがダントツで多かった。普通に考えれば、勝手にいなくなるのだから、演劇部に謝っておきたい、ということになるだろうが……くのりには普通でない答えが、見えているのだろうか。

さっさと部屋の扉に手をかけてから、彼女は一度だけこちらを向いた。

長くて黒い髪が翻《ひるがえ》り、まるで星ひとつない夜が振り返ったかのようだった。

「拓海」

と、改めてくのりが口にした。

「私、ひとつ、魔法を使って、みようと思う、の」

八

翌日の早朝、

「は？　なんやねんそれ」

演劇部の一年生、坂本正輝が素《す》っ頓狂《とんきょう》な声をあげた。

講堂である。秋も徐々に深まり、屋内も底冷えしつつあるため、演劇部ではまず打ち合わせをしつつ、温かい紅茶をいただいていた。

だが、その打ち合わせが終わるより早く、ハプニングが起こったのだ。

楷樹先生と四人の部員たちの視線は、ひとりの少女へと注がれていた。

「簡単、よ」

と、彼女が自分の胸元に手を置く。

「私の、演技を、試してみてほしい、の」

「……いや、いやいやいや。確かに、倉野がやっぱり主役は無理だって言い出したし、こちらでも代演ができるヤツを探してはいたんだが」

困惑したように、新寺が言う。

それはそうだ。自殺した事件の調査だとかで、突然割り込んできた連中が、今度は演劇部に加えろなんて言いだしたところで、はいそうですかと肯定できるはずもない。まして厳密には海蘭の生徒ですらないくのりに主役を演《や》らせるなんて、そんな選択肢があろうものか。

対して、物怖《ものお》じもせず、くのりは続ける。

「十分で、いい。試して、みて」

「……試してみても、いいんじゃないですか」

言ったのは、同じく一年生の檜垣景子だった。

「だって、今回は大会用の演目ってわけじゃないでしょう。部長も言ってたように、他の人は最初から尻込《しりご》みしてますし……それに、もし使えそうなら、私、くのりさんで見てみたい役はいっぱいあります！」

そう言った少女の目は、ちょっとキラキラしている。

まあ、くのりの顔立ちはいいから、そういう意見もあるだろう。案外、くのりが現れたときから、舞台に立つところを想像していたのかもしれない。

少し考えて、今度は倉野麦絵が自分のスマートフォンを持ち上げた。

「私、撮ってあげますから、後で見たら分かるでしょ」

カメラは残酷だ。

柊いそらがスマートフォンで撮っていたのも、第三者から見て、自分の動きが最善であったかを確かめるためだろう。灰村の話通りなら、センチ単位で修正を繰り返していたそうだが、それだけ動画から得られる情報が豊富ということでもある。

「先生はどう思いますか」

助けを求めるように、新寺が尋ねた。

すると、少し離れたところで見守っていた楷樹先生はこう答えたのだ。

「僕が決めるところじゃないな。ただ、檜垣さんが言ったように、文化祭は基本的にお祭りだ。それも生徒である君たちのお祭りだよ。だったら、君たちが試してみたいと思うのなら、悪くないんじゃないかな？」

その言葉で、決まったようだった。

めいめいに、役者たちが壇上へとあがる。

「脚本は、檻杖さん読んでたよね？　じゃあ、赤い靴を買うところからにしようか。檜垣さん、説明を――」

新寺が言い終わるよりも、彼女が一歩踏み出る方が早かった。

「まあ、あの赤い靴はなんて美しく光っているのかしら」

空気が、変わった。

（……え）

正直、僕も驚愕《きょうがく》していた。

くのりが纏《まと》っているのはブレザーのままだ。履いているのも、ただの上靴だ。

「その靴を履かせてくださいな。私はほかの靴なんて到底考えられません」

なのに、舞台に立っているのは、赤い靴に履き替えた、見知らぬ国の服装の少女としか思えなかったからだ。いつもの途切れ途切れな口調さえ鳴りをひそめ、はっきりとした聞こえやすい滑舌で、周囲へと呼びかけている。

「これはきっとエナメル革だね。本当に、良く光ってること」

引っ張られるように演技した一年生の檜垣に、ひどく自然な感じで微笑したくのりが、空っぽの手を見つめた。

「ええ、おばあさま。本当に良く光ってます」

うっとりとうなずいた少女の手の中に、エナメルの赤い靴を幻視する。

重みを表現して、かすかに下がった指。色気のあるフォルムを視線が再現し、存在しないはずの靴が、観客の中に立ち現れる。

「そいつは伯爵《はくしゃく》の息子のために作ったんだが、あいにく足に合わなかったんだ」

　今度は、坂本だった。

　首切り役人と、この靴屋を彼は兼ねていた。意外と野太い声が出ていて、稚拙ながら雰囲気が出ている。

　いや、前に稽古《けいこ》を見た時には、学生らしい演劇としか思わなかったはずだ。それが、今は歯車が噛《か》み合ったかのように、中年の靴屋らしさを備えているのは、別の要因が介入したからに他ならない。

　くのりである。

　少女の存在感が、それだけで時間と空間を形成しているのだ。

　まるで、舞台を塗り替えてしまうかのように、くのりは赤い靴へと履き替える。練習なので、履き替えるのはただのふりだけなのに、もう上靴は瞳《ひとみ》に映らない。

「まあ、ぴったり。おばあさま、わたし、この靴で堅信礼に行ってきます。ああ、今から楽しみでたまらないわ」

　とん、と舞台を踏む。

　たったひとつのステップで、優美な踊りを想起させられた。それは、やがて少女の不善ゆえに呪《のろ》われた舞踏へと変じてしまう、転落の一歩であった。

　誰もが、その光景に目を奪われ、あるいは光景に一体化した。

わずか数分。

ほんの一シーン。

それで、彼女に対する評価が一変したのだと、僕を除く全員の瞳が語っていた。

「部長……」

坂本が振り返る。

応じて、

「やってみようか」

と、新寺がうなずいた。

撮影している倉野も、衝撃に硬直したままだった。

ただ、僕は得体の知れない違和感と既視感を、どうやっても拭《ぬぐ》えずにいたのだった。

九

「くのりが演劇とはねえ」

閑也さんの口から、驚きのこもった声を聞くのは珍しいことだった。

おおむね演劇部の練習は早朝と放課後であるため、突然忙しくなってしまったくのりに代わって、僕が状況を報告していたのである。

今日は応接室ではなく、閑也さんの書斎だった。

広々とした窓の近くに、欅《けやき》のデスクが置かれており、その前に彼は腰掛けていた。

「閑也さんはどう思ってるんですか」

「ふむ、どう思うべきかな」

と、閑也さんは訊《き》き返したのだ。

居住まいをただして、こちらへと向き直る。

「できるできない、という話なら、彼女にはできるだろうさ。自慢の娘だからというだけじゃなくて、それは確かに魔法の範疇《はんちゅう》だからね」

「確かに、くのりも同じことを言ってましたけれど」

魔法を使う、と彼女は宣言した。

そのとおりに、まるで魔法のように、演劇部のメンバーも彼女を認めることになった。傍から見ている自分からすれば、狐《きつね》につままれたような気分だ。

「可《か》愛《わい》い娘の写真を見たいところだが、多分くのりから止められてるだろうね」

「閑也さんに見せたら死ぬから、と念をおされました。死ぬのが僕かくのりかは分かりませんが」

「ははは」

笑って、閑也さんが続ける。

「話を戻すと、君の違和感は正しい。まあ、君はくのりの魔法の条件に、完全には当てはまってないから、そういう感覚を維持できたんだろう」

「はあ」

意味が分からないので、自然と返事の気も抜けてしまう。

突然魔法の条件と言われても、いったい何のことやらだ。知らないゲームの用語でも出されたかのようで、ますます混乱してしまう。

閑也さんの目が、かすかに細められる。

そうすると、瞳が青みがかっていることに気づく。くのりも同じだが、檻杖の遺伝ということだろうか。先祖のどこかで海外の血が混じっているのかもしれない。

ふわ、と閑也さんが立ち上がる。

すぐ近くの、立派な本棚へと歩み寄った。

「これでも妖精博士《フェアリィ・ドクター》の端くれだからね。くのりの使っている魔法、僕には想像がつくが、答えを言えば、それこそ彼女が怒るだろう。だから、ここではヒントだけにしておこう」

一冊を抜き取り、僕の前に置く。

グラシン紙で保護されてはいるものの、年季の入った文庫本だった。

「カフカの『変身』」

著者名とタイトルを、僕が口にする。

説明するまでもないほどの、歴史的な作品だ。主人公がある日、巨大な虫に似た奇怪な怪物になりはててしまう、不条理な物語。

「何度読んでも、悲しくなる場面があるんだよ」

と、閑也さんが文庫の表面を撫《な》でた。

「虫のように変身してしまったグレゴール・ザムザが、以前にはこんなもの食べられるかと言っていた不味《まず》いチーズ、腐った野菜に飛びついて、天上の美味のようだと賞賛する場面でね」

それは、美しさという概念の崩壊だ。

自分たちが美味と感じたものがゴミとなり、不快と感じた味を貪《むさぼ》ってしまう反転。その恐ろしさと悍《おぞ》ましさと――隠し味のように忍ばされた解放感への憧《あこが》れ。

同じように、反転することもあるのだろうか。

イジメていたはずの相手――柊いそらに憧れた、倉野麦絵のように。

あるいはその逆。

主役だった倉野麦絵のごとく演じるようになった、柊いそらのように。

「形が変われば、味覚も変わってしまう。美味《おい》しいものは不味いものに。不味いものは美味しいものに。いや、それは本当に美味しかったのか。私たちが基準にしていたものは何だったのか。ある意味で、胡蝶《こちょう》の夢にも似ているね」

「胡蝶になった夢を見ていたってやつですか」

「荘子《そうし》の話だね。ある日、胡蝶になった夢を見た。だが、よくよく考えれば、あれは本当に夢だったのか。今の自分こそ胡蝶が見ている夢なのではないか、という話だね。洋の東西も時代も超えて、僕たちは同じことを何度も疑問に思うらしい。実存というものは、こうも胸に訴えかけてくるんだ」

読んでみるかい、とカフカを差し出してくれた閑也さんから受け取って、僕は檻杖の家を辞した。

十

それから、つつがなく練習は進んだ。

もとより、文化祭で演《や》る予定だったということで、難しい演目ではない。見巧者《みごうしゃ》のためにではなく、あくまで生徒やその親たちが観《み》るための演劇だからだ。

だけど、それは、ひどく不思議な体験だった。

「ああ、この赤い靴はなんて素晴らしいの。いまさら、古くて黒い靴なんてみすぼらしくて履けやしない」

まるで、くのりの演じる赤い靴の少女が、現実に存在するようだ。

いや、そんな次元ではない。

日に日に、彼女の触れる靴の手触りが伝わり、革の匂《にお》いまでも実感できるようだった。それが僕だけの錯覚ではない証拠に、おおむね兼部の人数合わせだという学生たちまで増えて、振る舞いの紅茶を増やさねばならない有様だった。

「聖餐式《せいさんしき》には黒い靴じゃないといけない？　どうして？　だってこんなに美しいのに」

「それは礼儀にそむいたことだからだよ。古かろうが何だろうが、今度教会に行く時には黒い靴を履いておいで」

檜垣景子が演じるおばあさまの言葉が、まるで通じてないのが、観客からは分かってしまう。とうに、彼女は美の奴隷《どれい》だ。

「病気でおばあさまが死んでしまう？　ああ、でももう一度、あの赤い靴が見たい。あの靴を履いて舞踏会に出たい」

どんどんと、赤い靴に魅入られてしまう少女。

戸棚に仕舞い込まれてしまった靴を、どうしてももう一度見たいと切望する。そして舞踏会に誘われたその日、育ててくれたおばあさまがいまにも死のうとしているのに、赤い靴を履いてしまう。

すると、不思議なことに、少女の足はひとりでに踊りだす。

舞踏会に行くはずが、あべこべの道ばかりを足は選ぶ。階段を昇るはずが降りて、町の中心部に向かうはずが、町の外へと出てしまう。

「こんなはずがない。どうしてわたしの足が止まらないの。止まりなさいったら！　わたしはあの舞踏会に行くんだから！」

嘆く彼女の声は虚《むな》しく、しかし踊りだけはずっと美しい。

なんと妖艶《ようえん》な舞であったろう。少女の意思と関わりなく踊りだすステップのひとつずつが、なんと心を摑《つか》んで離さぬことか。

やがて、墓地にいたり、教会へと辿《たど》り着き、彼女は天使に出会う。

「いつまでだって、お前は踊らなくてはならない」

新寺の演じる天使さえ、その演技でさらに引っ張り上げられていた。

合同授業が始まった頃、同じ演劇を見たはずなのに、もはや完全に別物だ。

心を摑んで離さぬ少女の踊りに対して、天使は微動だにせぬまま、威厳をもって宣告する。

「赤い靴を履いて、踊らねばならない。青白く冷たくなるまで、骸骨《がいこつ》になるまで踊らねばならない。高慢な子供たちが住んでいる家を、一軒、一軒と踊りまわらねばならない」

「許してください」

くのりが——いいや、赤い靴の少女が言う。

彼女の後悔と悲嘆がいや増すほどに、踊りは研ぎ澄まされていくかのようだった。

ああ、その足取りの感触さえ伝わってくる。舞台の上で跳ね上がる膝《ひざ》の重さ、なんとかして靴を脱ごうと、靴下を引き破る指の爪《つめ》と繊維のひっかかりだって想像できた。

役者の表現力だけで、ここまで染《し》み渡ってくるものだろうか。

これは、すでにもうひとつの現実だ。

観客と役者たちの間で交わされた、いっそヴァーチャル的な交信現象。

演劇というものが、これほどに強烈な吸引力を持った媒体だということを、僕は初めて知った。テレビともネットの動画とも異なる、複層に重なった感覚がある。目の前で、リアルな肉体が躍動し、そのすべてを尽くして感情を表現することが、いっそ野放図なまでの情報量の厚みを与えているのだった。

その中心に、くのりがいる。

まるで、大嵐《テンペスト》のように、何もかもを覆《おお》い尽くしている。

災いのような、苦痛のような、けして逃れられない死神のような、美しい少女。

その少女にかかった呪いは、おばあさまが死んだ後も終わらない。真っ暗な闇夜《やみよ》も踊り続け、森の茨《いばら》に服も肌もズタズタにひっかかれた。しかし、どれほど泣き叫んでも、踊りの鮮やかさだけは衰えることがなかった。

そして、坂本正輝の演じる首切り役人の住む小屋へと行き着くのだ。

「お前は私が誰か知らないだろう。この斧《おの》は悪人の首を切り落とすためのものなのだ」

「だからこそなのです。首ではなくて、この赤い靴と一緒に、わたしの足を切ってしまってください。わたしの罪の何もかもを聞いてください」

懺悔《ざんげ》を聞いた首切り役人が、しばしの沈黙とともに斧を振りかぶる。

ぎらりと光る、その斧の冷たさよ。

悲鳴とともに、幕が閉じる。

本来の『赤い靴』はここからが本題なのだが、あまりに盛り上がるからということで二部構成に仕立て直されたらしい。信仰心の大切さを訴える寓話《ぐうわ》の作者は不本意かも知れないが、最後の悲鳴は赤い靴の少女だけではなく、観客のものまで混じっていたのだから、これはやむない措置だったろう。

稽古とは思えぬ拍手を浴びながら、舞台袖《そで》に下がって、坂本がぱっと笑顔になった。

「すげえな、檻杖さん！」

持ち前の明るさゆえか、くのりの手を摑んで、感動を表現する。

「私、本当に『赤い靴』の世界に迷い込んだのかと思いました！」

同じく檜垣が、興奮で上気した顔で訴える。

年齢的には同級生のはずなのだが、こういう純粋さは僕にもくのりにもないので、ちょっと眩《まぶ》しすぎる。もともと海蘭自体がそうなのだが、自分には不釣り合いな場所に居合わせてしまったような、むずがゆさを覚えてしまう。くのりと違って、僕は完全に部外者なのだから、なおさらだ。

「私は演出に専念させてもらえて、ちょうど良かったわ」

通信用のイヤホンを外して、倉野が言う。

　今回の彼女は役者ではなく、指示出しを含む演出や音楽、ライトの担当だった。演劇中の、細かなタイミングや立ち位置の修正などは、そのイヤホンを通じて行っていたのだ。練習だけにごく簡易なものではあるが、役者たちのメイクを施したのも彼女で、演劇が総合芸術と言われる所以《ゆえん》をひとりで発揮する多芸ぶりであった。

「いや、本当に素晴らしかった」

　最後に、タオルで首筋を拭《ふ》きながら、部長の新寺が言った。内部の針金で支えた天使の羽が、ふらふらと揺れているのがユーモラスだった。

「演じていて、本当に楽しかった。まるで、自分が自分でなくなったみたいだ。そうか、あんな風に演《や》れるんだな。俺にもあんな風にできたんだな。うん、できたんだ」

　目尻に涙が浮かんでいて、新寺は手のひらでぐいと拭いた。

　ぷっ、と坂本が吹き出す。

「部長、顔、顔」

「え」

　間抜けな顔をあげた新寺の前に、ふふっと微笑した倉野が手鏡を差し出す。施していたメイクが思い切り横にズレて、天使というよりパンダみたいな有様だった。

　パントマイムみたいに手を上下させた新寺に耐えられず、檜垣も笑った。

伝播《でんぱ》するように新寺本人も破顔して、四人の演劇部部員は、ひとつの家族のように笑い合っていた。

もともと、こういう部活動だったのだろう。

くのりという欠片《ピース》が嵌《はま》ったことで、一時的ではあっても、本来の形を取り戻したというところか。

時に切なく、時に甘酸《あまず》っぱく語られる、青春と呼ばれる期間の一ページ。

ただ、僕の居場所だけはなくて、視線を彷徨《さまよ》わせていると、

「ほら、薊さんも」

と、横合いの楷樹先生から呼びかけられた。

「いや、でも、くのりはともかく僕は」

「くのりさんのマネージャーのようなものでしょう」

楷樹先生が片目をつむって、ポンと背中を押す。

たたらを踏んだところで、こちらに気づいた坂本がぐいと肩に手を回してきた。

「ははは、薊もありがとうな！　知っとるか、演技してない時の檻杖さん、時々不安そうにお前の方見てるんやで！」

ぽろっと、素の関西弁がこぼれる。

ついで、檜垣も頭を下げてきた。

「お茶もありがとうございます。いつもは私がやってるのに」

「いや、単にくのりに頼まれたからで……」

大いに誤解がある気がするのだが、指摘すると、なおさらややこしくなりそうなので黙り込む。

だけど、そんな頬がぐいと引っ張られた。

「素直に感謝を受けてくれないか。でないと、僕らの気持ちだって、持って行き場がないだろう？」

「いそらさんの分も、この演目をやり通したかったんだもの」

頬をつまんだ新寺と倉野が、それぞれに言ったのだ。

まだ演劇の余韻が残ってるのか、彼らの熱が伝わるように感じた。いささか率直に過ぎる気がする発言も、そのためだろう。

困惑した僕に、優しく耳打ちする声があった。

「輪の中に飛び込んでみなければ、分からないことはたくさんあるでしょう？」

あんまり、先生らしすぎる発言だ。

ため息をついてから、僕はくのりに視線を向ける。案の定、彼女もどう返していいものかまごついていて、仕方なく僕の方がうなずいた。

「分かりました。でしたら、くのりとセットということで、どういたしましてと言わせてください。——それから」

振り向いて、舞台裏の陰に用意していた品を取り出す。

「これは、くのりのお父さんから、お祝いの薔薇《ばら》です。文化祭まではこのまま花瓶に活《い》けても十分もつそうです」

「ああ、これはありがとうございます」

楷樹先生が、どこか申し訳無さそうに、薔薇の花束を受け取る。

純白の絹にひとしずく緑色の絵の具を垂らしたかのような、独特な薔薇の色が、なんとなくこの人に似合っていた。

「いい匂いでしょう」

「ええ」

すう、と花の近くに、先生が顔をうつむける。

満足げな表情を見つめてから、花束を回収して、

「じゃあ、文化祭で出しやすいように、裏に飾っておきますよ」

と、踵《きびす》を返す。

これ以上とどまったら、自分もこの輪の中に入れるかもなんて、あまりに傲慢《ごうまん》な錯覚をしかねない。お互い、ちょっといい気分の内に離れておくのが、よい人間関係のコツというものだろう。

後半の練習も拍手喝采《かっさい》で終わり、解散となった。

まだ大道具の準備があるという演劇部のみんなと別れてから、僕はくのりと校門を出て、駅への坂道を下っていく。

秋の颪《おろし》が、ざわざわと山の木の間を渡っていった。檻杖の屋敷がある山と違って、ここの風はひどく乾いていた。見下ろせば、駅のある街並みに少しずつ灯りがともっていき、まるで光の海が波打っているかのようだった。

制服の首元を触りつつ、僕は尋ねる。

「本当に、くのりは文化祭までやるつもりなの？」

「悪くは、ない、わね」

まんざらでもなさそうに返してきたので、つい瞬《まばた》きしてしまった。

「おかし、い？」

「いいや。君が良いなら」

「できたなら、きっと、楽しいと、思う」

かすかに、くのりの目が細められる。父親とよく似た表情だった。これだけ暗くても、雰囲気が通じていることだけは分かった。

誤解していたのは僕かもしれない、と唐突に思った。

世界に合わせられないのは彼女ではなく、閑也さんでもない。

ひょっとしたら、単にそれは自分の――

「でも、きっと、そうはならない、わ」

「どうして？」

「魔法、だもの。きちんとした、自分の力じゃない、んだから、肝心なときには解けてしまう、わ」

くのりが言う。

たとえば、ガラスの靴を脱ぎ捨てて逃げた、シンデレラのように。

「それに、文化祭まで、は我慢、できないと、思う、から」

「何が？」

聞き返したけれど、彼女はその答えではなく、別の話題を持ち出した。

「閑也さんから、魔法の正体を聞いたんじゃ、ないの？」

「言ったら、くのりに怒られるってさ。代わりにカフカをすすめられたよ」

「『変身』、ね」

納得したように、少女がうなずく。

「じゃあ、私と、閑也さんは、同じ仮説を考えてる、のね」

そう言われても、僕にはさっぱりである。

この親子は、自分たちだけの符牒《ふちょう》を、僕を介して使い合っているみたいだ。仲がいいのか悪いのかは分からないが、いささかの疎《そ》外感《がいかん》は禁じ得ない。

「分からない？」

と、くのりが首を傾《かし》げた。

「君たちが、僕の頭の悪さを過小評価しているのは分かる」

「どう、かしら。拓海は頭が良くないとは、思うけど」

「ちょっとは否定しろよ」

「でなかったら、とっくに、私のそばにいない、でしょ」

文句のつけようもない返しだったので、夜空を仰ぐ。山の上なこともあり、星はひどく近く見えた。ひんやりと冷たい風に、赤い靴の少女が震えながら踊っていたのは、こんな夜だったろうかと、らしくもない想像をした。

演劇の熱に、僕もまだあてられていたのかもしれない。

「あの劇に、グリーンアイスの薔薇を、閑也さんが贈ったなら、きっと、そういう、意味」

「ふうん」

ちょっと拗《す》ねて、視線をそらす。

鞄《かばん》を後ろ手に持ったくのりの、革靴の足音がことさらに響いた。カツン、カツンと、僕より数歩分先行してから、彼女は振り返った。

「じゃあ、ふたつだけ、欠片《ピース》をあげる」

「欠片《ピース》？」

「仮説って言った、でしょ？　拓海が私と違う答えに、辿り着く、かもしれないから、それぐらいが、ちょうどいいのよ。あの演劇で、足ごと切られた赤い靴と、少女と、踊っていたのは、どちらかしら」

「それは、もちろん赤い靴じゃないの」

少し考えて、答える。

赤い靴を履いた足がひとりでに踊りだしたからこその、『赤い靴』だろう。

「そうね」

と、くのりも認めた。

「じゃあ、もうひとつ」

ほんの数秒、彼女が間をおく。

続く言葉は、忘れがたく、僕の鼓膜にこびりついた。

「本当に、柊いそらは天才だった、の？」

そして、彼女が予言した異変は、その翌日、文化祭から三日前に起きた。

十一

静かな夜だった。

講堂の裏から、ひとりの影が入り込んだのだ。

文化祭を控えて、ほぼすべての準備は舞台裏に揃《そろ》えられている。衣装や小道具、背景用の美術などはもちろんのこと、当日に出すお茶や紙カップも整えられていた。

勝手知ったる感じの自然さで、影はその舞台裏を漁《あさ》っていく。

最低限に抑えたスマートフォンの明かりで、置いてあるものを探っていった。

「ない」

低く、呟《つぶや》いた。

最初は周囲を気遣いながら慎重に、しかし、徐々に手の動きが速くなっていく。内側の焦燥を抑えきれず、動作はどんどん乱雑になっていった。

「ない、ない、ない、ない。どうして」

喉《のど》の詰まったような声が、舞台裏に小さく響く。

そのとき、光が灯ったのだ。

海蘭の講堂のスポットライトは舞台裏まで回り込めるようになっている。というか、今回の場合はあらかじめその位置に固定していたのである。これも、くのりの要望をいれてのことだった。

「クスリなら、入ってないわ、よ」

死角になっていた向かい側の舞台袖から、くのりが言う。

背後に僕を置いて、ゆっくりと壇上へとあがり、人影を見下ろす。スポットライトを浴びた影は、まるで陽光を浴びた吸血鬼のように、顔を覆っていた。

「檻杖、くのり」

「あなたに、確認をしたい、の」

いつも通りの——赤い靴の少女とはまったく異なる口調で、くのりが言う。

「あの鬢《びん》のこと、順番が逆、だったのよね」

スポットライトに照らされた倉野麦絵へ、告げたのだった。

＊

「何を言ってるのか、全然分からない」

ひきつるように、倉野麦絵が笑った。

「私は、忘れ物を取りに来ただけだもの」

無論、言い訳にはまるでなってない。こんな暗闇の中、灯りをつけない理由にも、講堂へこっそりと入ってきた理由にもならない。苦し紛れの発言だというのは、火を見るよりも明らかだ。

しかし、そんなことを追及するよりも、もっと致命的な選択肢をくのりは選んだ。

「だって、あなたは知ってる、でしょう？」

夜の講堂に、銀の矢のごとき言葉が響いたのだ。

「柊いそらが、天才と思わ、れた、理由」

今度こそ、倉野は形相を変えた。

前に、柊いそらの死体から何かを持っていかなかったかと、楷樹先生に問われたときとは違う顔だった。あの際の少女はすぐにも自殺しそうに狼狽《うろた》えていたが、今は隙《すき》があればくのりの喉笛に噛みつかんばかりの激情を、垂れ流していた。

「……わけが分からない」

低い声とともに、唇が歪《ゆが》む。

睨《にら》みつけた眼力の強さは、大の男でも怯《ひる》むほどだった。

むしろ、こちらが本性なのか。反対側の舞台袖にいる僕のことには気付いてないようで、くのりひとりなら自分でも制圧できると考えたのかもしれない。柊いそらをイジメていたという、かつての演劇部のスターは、ゆっくりと壇上の階段に歩み寄る。

「主演を代わってもらえたことは感謝してるわ。でも、あなたが、私への意味不明な中傷をやめないっていうなら……」

タダではおかないぞ、と言外に含めて、くのりとの距離を詰めようとする。

その時だった。

もうひとつ、スポットライトが点灯したのだ。

闇の中で、ぽっかりと白く切り取られた空間の中に、一対の赤い靴が置かれていた。

演劇で使われている小道具だと、すぐに分かった。そして、照明の加減か、キラキラと光った靴の影が伸び縮みした。

いや、光のせいではなかった。

赤い靴は、ひとりでに動きだしたのだ。

コツ、コツ、カン、と小気味よい靴音は、古き良き時代のタップダンスを思わせた。ある種ユーモラスで、緊迫した空気を読まない響きだった。

「やめて！」

悲鳴があがった。

「やめて！　いそら！　許して！」

尻餅《しりもち》をつき、顔の前に両手を突き出して、倉野が全力で拒絶する。たった今、くのりを脅しつけようとしていた少女とは、別人のようだった。

やがて、靴が止まった。

くのりは赤い靴に近寄って、そっと持ち上げた。

靴の中心あたりから、細いものが輝いていた。細い糸が舞台の天井裏に引っかけられていて、そこからくのりの指に繋《つな》がっていたのだ。

「糸で操作しただけ、よ」

（……？）

僕からすると、倉野麦絵がそこまで動揺する理由が分からなかった。

（倉野には、今のが柊いそらに見えた……？）

いくら演劇にのめりこんでいようが、靴が本当にひとりでに動き出すことなんてありえないと分かるだろう。糸で動かしただけなんだから、ぶっちゃけた話、子供騙《だま》しもいいところだ。もちろん、多くの手品でもトリックなんてそんなものだろうが……

だからといって、いそらと見間違えるような要素なんてあっただろうか？

僕だけが見えてないものを、今度はくのりと倉野が共有しているようだった。

くのりが、問いかける。

「私は、彼女と、同じ魔法を、使ったの。あなたには、分かった、わよね？」

魔法だと、くのりは話していた。

閑也さんは、自分ならその魔法の正体が分かると言った。

そして今、柊いそらも同じ魔法を使っていたのだと、くのりが口にする。

「さっきの続きを、聞くわ。……順番が逆だったのよ、ね？　ドラッグをやっていた柊いそらから、あなたが壜を奪った、んじゃなくて」

青ざめた倉野を、くのりが見下ろす。

「あなたから、柊いそらが、ドラッグの壜を、盗んだ、の」

（……あれ）

だとすると、色々不都合が生じる。

というよりも、根本的に話が変わってこないか。

「くのり、それって」

僕の呼びかけで、やっと倉野も存在に気づいてくれたらしく、視線を向けた。

「そうよ」

と、くのりがうなずく。

「柊いそらと、自殺サイトなんて、もともと関係ない。だから、あのスマートフォンからも、自殺サイトの、情報なんて、出なか、った。あくまで、あの危険ドラッグが、自殺サイトでよく使われているから、というだけの、推測だった、でしょう？」

それはその通りだ。

しかし、だったら——

「灰村さんが話してたのは」

「灰村さんが見たのは、本当に普通のキャンディ、よ」

いそらが舐《な》めていたというキャンディ。実際、あれがドラッグのレインボーであるという証拠はなかったし、話をしたときの灰村も、ただのキャンディと見分けがつかないとは話していた。

「ふたつ、考えてた、の」

改めて、くのりが言う。

「誰かがトリカブトを仕掛けて、殺そうとした、のか。それとも、トリカブトの方は、あなたも知っていて、自殺するつもりだったか」

「……知っていたわ」

つまり、自殺しようとしたのは柊いそらではなく、倉野だったということか。

「そう。だったら、よくできた、仕掛けね」

「どういうこと？」

もともとそうだが、ひどく間抜けになった気分で、尋ねる。

「トリカブトってすごく苦い、のよ。普通なら、そのまま食べることなんて、できない。柊いそらがトリカブトを飲んで自殺したって、いうなら、そのための仕掛けも、あったはずっていう話。……たとえば、トリカブトの成分を抽出して、キャンディに混ぜてしまう、とか」

理屈としては、納得できる。

トリカブトが苦い……というのは、僕も何かで読んだことがあった。

「どうして、そんな仕掛けを？」

「自殺の、障害を取り除く、ため」

「障害？」

「自殺って、そう簡単に、思いきれるものじゃ、ないでしょう？　いくら死にたい人だからって、いざそのときになって、飛び降りたり、首をつったり、毒薬を飲んだりするのは躊躇《ちゅうちょ》するのが、普通」

ひどく当たり前の人間の心理だ。

いくら死にたいと思ったところで、そうそう実行できるわけではない。

「だから、依存性のある、危険ドラッグとセットに、したのよ」

あ、と思わず、僕は呻《うめ》いてしまった。

「いつか、その一粒に行き当たって、死ねる。そして、ほかのドラッグには依存性があるから、途中でやめることはでき、ない。誰が考えたのか知らないけど、よくできてるわね。つまりは自分の意思でやめられない、ロシアンルーレットよ」

からから、と弾倉が回る拳銃《けんじゅう》を、僕は想起した。

いつかは実弾が出るロシアンルーレット。だが、実弾以外が魔性の魅力を伴っているならば、その引き金は羽毛のごとく軽くなるのではないか。

悪魔のような仕掛けだ、と思った。

確実に自殺という目的を成し遂げさせるための、まわりくどく、おぞましい手段。

「でも、その仕掛けは、他人には分から、ない」

　くのりが言う。

「柊いそらからすれば、あなたの様子がおかしいのだけが、伝わった。だから壜を奪ったんで、しょう。試しに飲んでみたのも、本当に自分が思っているようなドラッグなのか、知るためだった、んでしょうね」

　聞き逃しがたい意味が、その言葉には秘められていた。

「じゃあ、柊いそらが死んだのは」

「運が悪かっ、た」

　と、くのりが言う。

「彼女が試しに飲んだのが、まさしくロシアンルーレットの、当たりだった、のね」

　警察が分析した壜の中身が、あくまでドラッグに限られていたのも当然だ。唯一《ゆいいつ》の弾丸であるトリカブトは、すでに飲まれた後だったのだから。

「残りのドラッグをこの舞台袖に隠していたのは、寮だと寮監のチェックを受けて、いつバレるか分からないから、よね？　ドラッグを入手したのは、自殺系サイトでいい？」

「…………」

沈黙した倉野に、くのりが顔を寄せる。

「……いいえ。違うわ、よね」

「…………」

「答えなくても、いい。でも、こちらは教えて、ほしい。どうして、そこまで、なりはてたの」

まるで、呪《のろ》いをかけられて魔物になったかのような言い草だった。

「何のこと」

「あなたが柊いそらを虐《いじ》めていたのは、多分、本当。だけど、そこから自分を犠牲にしてまで、柊いそらを天才だともり立てた理由が、分からない。だってそれって、スクールカーストの反転、でしょう？　何が、あなたをそう、させたの？」

倉野はうつむいたままだった。

呼吸音だけが講堂に生まれては消えて、やがて、

「……食べられたからよ」

言葉が、床に落ちた。

十二

夜の理科室は、ひどく静かで、微睡《まどろ》んでいるようだった。

授業で使ったのだろう薬品のにおいがまだ残り、床に沈澱《ちんでん》している。

うなだれた倉野を講堂に置いたまま、僕たちはこの理科室を訪れていたのだった。

「置いていってよかったの」

「いまさら、何をするわけでも、ないでしょう？」

つまらなげに言ったくのりが、懐中電灯を使って、棚の内側を照らして探っていく。

その場所は、倉野から聞き出したものだった。

「さっきの話、ちょっと分からなかったんだけど」

こちらの問いかけに、ちらっとだけ、くのりが視線をよこす。

すぐ、棚の捜索に戻った。つまるところ、私は好きにやってるから、質問があるならそのまま喋《しゃべ》ってなさい、ということだ。

「柊いそらはどうして倉野麦絵から、ドラッグの壜を奪ったの。やっぱり、虐めていた相手を、告発するため？」

しかし、違和感がある。

だったら、試しにドラッグを一粒飲んでみたりするだろうか。彼女のその行為には、もっと別の感情が秘められているような気がする。

棚を探りながら、くのりが口を開いた。

「どうして、虐められた相手が、必ず加害者を嫌いだって、思うの？」

「え……」

意外な言葉に、息を止めた。

「倉野麦絵に憧れていたのは、多分、柊いそらの、方」

「なんで？　虐められていたんじゃ？」

僕の疑問に答えるよりも早く、くのりの指が止まった。

「これ、だわ」

戸棚の裏で引っかかっていた板を外すと、大きな曇った壜が出てきたのだ。

中身ははっきり見えなかったが、蓋《ふた》を開けると、たくさんのキャンディが詰まっていた。色合いは様々で、指先でつまむと、懐中電灯の光をキラリと反射した。

「これって……ひょっとして……」

「危険ドラッグの、レインボー。刑事さんが言ってた、やつよ」

「でも、なんでこんなところに？　隠すのに向いてるような場所とも思えないけど」

きゅ、とくのりの眉《まゆ》が寄る。

それから、まだ分かってなかったのとでも言いたげな表情で、

「ここで、精製したの、よ」

信じられないことを、口走った。

「レインボーの原料自体は、ごく普通のものだ、って言ってたでしょう。それなりの知識と道具が、あれば、学校の設備でも、十分、精製、できる」

確かに、刑事の斑尾も似たことを言っていた。

あのときは、だから警察が躍起になって追ってないのだ、という意味でだけ聞いてしまっていたが、裏返せばくのりの言う通り、専門の設備などがなくても作れてしまうということだ。

「でも、どうして」

「犯人は、ドラッグを持ち運んだりしなかった。灰村さんが言ってたとおり、持ち込みにはチェックがあるそう、だから」

だから、学校で作った。

理屈は合う。いくら海蘭のセキュリティがしっかりしていても、まさか内部で麻薬

が作られているなんて想像もしないだろう。警察にしたところで、外部で作られる麻薬は追えても、学校内部で作られた麻薬なんて捜査しようがないはずだ。

だけど、そんな大胆な手口が可能なのは——

「——見つかっちゃいましたか」

と、落ち着いた声がした。

*

猛烈な勢いで僕が振り返り、くのりは至極自然に顔をあげた。ふたりの視線の重なったところで、理科室の扉が音もなく開いた。

穏やかに笑った楷樹蒼一郎が、僕たちを見つめていた。

咄嗟《とっさ》にくのりを背にして、前に出てしまう。

「待っていたんですか」

「そういうわけじゃないんだけど……いや、そういうわけかな。倉野さんを見ていると、多分今日あたりが我慢の限度だろうとは思っていたし」

楷樹先生はこめかみを掻《か》いた。

暗がりで分かりにくかったが、その耳に舞台演出用のイヤホンがはまっていた。

「講堂でのことも、聞いていた、んですか」

「一応は」

「だったらこの壜、隠せば良かった、のに」

「ああ、なるほど。そういう手もありましたね」

考えもしなかった、という風に、楷樹先生が言う。

「君と話してみたくて、つい」

他愛ない悪戯《いたずら》がバレた子供のように、くしゃりと楷樹先生の顔に皺《しわ》が寄った。

窓から差し込む光が、ほんの少しだけ明るくなった。

どうやら、月が雲から出たらしい。理科室の向こうは険しい崖《がけ》になっており、遮るものがないだけに、都市部では考えられないほど月光が明るかった。理科室の中央あたりから楷樹先生が振り仰ぐと、蒼《あお》い影が壁の近くまで伸びた。

他に、人の気配はない。

この時間だと、一部職員を除くと、もうほとんどが帰宅してしまっているらしい。

学校という限定された世界に、僕とくのり、楷樹先生の三人だけが取り残されてしまったようでもあった。

「学校への資材の搬入に、ドラッグの原料を紛れ込ませるのは、先生ならできた、わよね。トリカブトも一粒か二粒作る程度の量なら、加工して紛れ込ませるのは、難しく、ない」

くのりの言葉を、楷樹先生は否定せず、ニコニコと受け止めている。出来の良い、お気に入りの生徒の発表を聞いているかのようでもあった。

「トリカブトの仕掛けも、よく考えて、ました、ね」

続けて、くのりが言う。

あれを考えたのも、楷樹先生だというのか。

「いや恥ずかしい。倉野さんがもう嫌だと仰《おつしゃ》るので、自分なりに工夫したんですが、あんなことになってしまって」

「運が、悪かった、のね」

と、くのりが瞼《まぶた》を伏せる。

「柊いそらがトリカブトを引き当てる、ようなことがなければ、こんなことにはならなかった、はずよ」

死んだのが倉野麦絵だったなら……ああ、その場合、彼女は自殺志望だったのだから、遺書も用意していただろう。海蘭の特殊性を考えれば、警察の介入は最低限で終わったはずだ。檻杖に依頼されるようなこともなかったに違いない。

そして、倉野麦絵が、彼に逆らえなかった理由は。

「倉野さんから聞きました。柊いそらと立場が入れ替わったきっかけを」

あのとき、倉野麦絵はこう言ったのだ。

『目の前で、生ゴミを食べられたのよ！』

その叫びで、僕は灰村の証言を思い出していた。

――『校舎裏で生ゴミを食わされかけてたのを、先生が止めてくれたんだって』

その衝撃こそが、演劇部の主役だった倉野麦絵と柊いそらの立場を、まったく逆に覆《くつがえ》した。

イジメられていた柊いそらと、イジメていた倉野麦絵を、反転させた。

『あなたなら、食べられる？』

と、すがるように彼女は訊《き》いた。

『誰かのために、生ゴミを食べられる？　目の前で何度も噛《か》み締めて、飲み込もうなんてする？　いそらが止めなかったら、きっと本当に先生は飲み込んでたのよ』

生ゴミを、食べる。

イジメを止めた楷樹は、倉野の目の前で、そんなことをしたのだ。

彼女の訴えには、恐怖が滲《にじ》んでいた。

自分の常識が、目の前で覆されてしまった者の表情だった。

『そんなのされちゃったら、ダメじゃない』

ふるふると、彼女はかぶりを振っていた。

『そこまでしてもらえる柊いそらは本物で、私はニセモノだったってことじゃない』

格付けが、ひっくり返る。

少なくとも倉野麦絵の中で、それは絶対的なものとなったのだ。だからこそ、かつてのカーストはひっくり返り、柊いそらが演劇部の主力となり、倉野麦絵はそれを支える脇役《わきやく》となった。

　だけど……

「騙したんですね」

「騙した？　何のことです」

　きょとん、と楷樹先生が首をかしげる。

「そこだけは、僕にも分かってるんです。閑也さんが、僕にああ言うように仕向けた結果ですけれど」

「何のことでしょう」

「グリーンアイスは、ほとんど香りのしない薔薇なんです」

「ほう」

と、かすかに、楷樹先生が目を大きくした。

練習の際、楷樹先生に渡した薔薇の品種だった。

「なのに、あなたは気づかなかった。僕がいい香りがするでしょうと言ったのにつられて、そうですねと反応した」

一拍おいて、僕は視線をあげる。

「あなたには、嗅覚《きゅうかく》がない。おそらくは味覚もないか、極めて薄い」

「ご名答」

ぱちぱち、と楷樹先生が拍手をした。

「物心つく前に、大病を患《わずら》ったことがありまして」

と、楷樹先生が自分のスーツの胸元を撫《な》でた。

「三日三晩高熱にうかされた結果として、僕は嗅覚と味覚を失ったそうです。とはいえ、物心つく前なわけですから、そのときのことを僕は覚えてないのですけどね。何を食べても、泥か粘土を食べてる気分にしかならないんで、どうして給食の時間、みんなはあんなにいろんな顔をするんだろうと不思議に思ってましたよ。好きなものを食べてニコニコしてたり、嫌いなものを前に絶対嫌だって騒ぎ立てたり。ただ、幸せそうな顔をした人の方が、周囲に好かれやすいらしい、とは思いましたね」

　ポケットから出した飴玉《あめだま》を、先生が唇に挟み込む。口中をゆるゆると転がすと、頬が飴玉の形に膨らんだり萎《しぼ》んだりした。

　なんて嬉《うれ》しそうに。

　なんて幸せそうに。

　なんて、無意味な表情なのだろう。

「普通になるように、と言われたんですよ」

　楷樹先生が、そっと瞼を閉じる。

「みんなと同じように、誰がどう見ても普通になれるように、ちょっぴり努力しました。おかげで、誰よりも美味《おい》しそうにご飯を食べますね、なんて言われるようになったんですよ」

　普通だという演技を、ずっと楷樹先生はしていたのだ。

　演技のために努力を重ね、努力の跡なんて感じられないほど自然に、彼はまったく別の人格になりすましていた。擬態と言ってもいいかもしれない。いや、それ自体はけして責められるようなことではないのだけれど。

しかし、結果として、できあがった楷樹蒼一郎という個性《カタチ》は、あまりにも歪《いびつ》だった。

「とはいえ、大したことじゃないですよ。そりゃあ目が見えなかったり、耳が聞こえなかったりしたら、生活に障害があるでしょうが、たかだか鼻と舌だ」

「大したことが、ないわけがない」

と、僕が断言する。

「あなたには、それが大したことだと分からなかったんだ」

「………」

沈黙は、ひどく不愉快だった。

皮膚の内側を、知らない虫に這《は》いずられるような感覚。

楷樹先生は、こちらを観察しているのだ。このタイミングにあってさえ、他人の感情を掌で転がすようにして、吟味している。

「ああ、なるほど。そうかもしれませんね。やはり他人の目は必要ですね。僕は昔から劣等生でして、言われるまでさっぱり分からないんですよ」

本当に困ったように、先生が笑う。

ひどく穏やかで、優しく、演劇部を見守っていた笑みであった。幸せそうな顔をした方が、他人に好かれやすいらしい、と学習した結果の表情。

「いそらさんの死体から壜を奪った倉野麦絵に、大丈夫ですって励ましていたのも演技だったんですか」

「いいえ？」

と、楷樹先生が否定する。

「好きに言ってくれていいと、そう思ってました。あれだけ追い詰められた人間がどう言うのか、とても楽しみでした。ああ、それこそ、何度でも反芻《はんすう》してしまうぐらいに、味わい深かった」

柔らかな微笑は、いつもと変わらない。

むしろ、いつもよりも優しいぐらいだ。身を預けてしまいたくなるぐらいの温かさが伝わってしまう。だからこそ、あのときの倉野麦絵の震えも止まったのだろう。

まるでそれは、儚《はかな》い夢にも似て。

「じゃあ……」

と、核心に至るだろう問いを、僕はぶちまける。

「なぜ、柊いそらを助けたんですか？　彼女が演劇の天才だったからですか」

「あれ？」

と、楷樹先生が首を傾げた。

「なんですか」

「いえ、その話はもう檻杖さんからしているのかと思ってまして。檻杖さんは、柊さんのことをもう分かってるでしょう？」

「……分かって、るわ」

どこかぎこちなく、くのりが言う。

いや、区切れがちな口調も、暗く沈んだ声音もいつもと変わってないはずなのだが、なぜだか僕はそう感じたのだ。

「柊いそらの演技は、倉野麦絵と、大差、ないわ。というよりも、ほとんどの演技が、倉野麦絵の稚拙な真似よあれは。もともと倉野さんがイジメていた、のは、柊いそらが、単なる、自分のコピーだったことに、苛立《いらだ》ったからでしょう」

「え？」

突拍子もない話に、僕は瞬《まばた》きしてしまった。

「じゃあ、柊いそらの『なれなかった』は……ひょっとして」

「その意味の一部は、倉野麦絵のようになれなかった、っていうこと、でしょうね。だから、倉野麦絵からドラッグを引き離そうとして、壜を奪って隠そうとした。多分、ドラッグかどうか確認するために、舞台裏で一粒飲んだんでしょう」

　根底にあったのは、憧《あこが》れだったのか。

　いそらは、ドラッグに依存していると思った倉野を、助けようとした。

「待って。でも、それは……」

　混乱してしまった僕の言葉を、くのりが引き取った。

「柊いそらは天才だったんじゃないか、って？」

「ああ、天才だって話していたのは演劇部の人間だけじゃない。彼女の演技を見た、学校のみんながそう言ってただろう？」

「私達の感動は、素晴らしいものから、だけ、得られる、ものじゃ、ないわ」

　歌うように、彼女は言う。

「その日、その時の状況で、くだらない、ものからも、唾棄《だき》すべき、ものか、らも、感動を得てしまう。ただ空が青かった、から。星が輝いていた、から。いつもと何ひとつ変わらない風景にだって、私たちは感動してしまう。なぜなら、感動って、私たちの内側、だけにある、ものだから」

　さまざまな文脈で、僕たちの見え方は変わってしまう。

　彼女が言っていることは分かる。

だけど、いまいち腑《ふ》に落ちないところで、彼女が新たな単語を切り出した。

「デュシャンの『泉』って、拓海は知って、る？」

「デュシャンの『泉』？　えっと、確かテレビで見たことなら」

現代美術の代表作の、名前だった。

なんと既製品の男性用小便器に、芸術家がサインを書いただけの代物《しろもの》だ。

これが現代美術で評価され、百年以上もの間、ことあるごとに名前を出されるようになったのは、そのトイレとサインとが芸術と不可分のテーマを語っているからに他ならない。

「綺麗《きれい》に整った美術品なんかじゃない。ただの既製品のトイレに、サインをしただけ。最初のオリジナルは、行方不明になってるけれど、新たにサインをしたレプリカでも、オークションでは百万ドルはつく、わね」

つまり、芸術に対する感動とは、その品が美しいから起きるわけではない。その美術に対する文脈《コンテクスト》にこそ、感動の本質は詰まっているということだ。ただ美しいものが評価された時代の、徹底的な終わりといってもいい。

デュシャンの『泉』は、我々の感動とは一体なんなのか、という疑問をつきつけているからだ。

「アートに形はない」

歌うように、少女が言う。

そっ、とその白くて長い指が、こめかみをなぞる。

「ただ、私たちの、頭の中でだけ、完成する。トイレにサインを書いただけのもの、にだって、十分な物語があれば、感動する。してしまう」

そう、してしまうのだ。

正しいものに、然《しか》るべき真実があるからこそ、僕たちは感動するわけじゃない。それがフィクションだろうがノンフィクションだろうが、はたまた詐欺師《さぎし》の騙《かた》りであろうが、面白ければ、美しければ、それが正義になってしまう。

「でも、それと、柊いそらに何の関係が？」

今のは、あくまで高度な現代美術ならではの話だろう。細かく言えば、似た現象は僕たちの生活の何処《どこ》でも起きているのだろうが、柊いそらの評判で見られるような、極端な例になるとは到底思えない。

「そうね。普通で起きるようなことじゃない。でも、この演劇部では同じことが起きるように、楷樹先生が仕掛けを、したの」

「仕掛け？」

「ドラッグ、よ」

思わず、声が出そうになった。

ああ、そういうことだったのか。

「刑事さん、言ってたでしょう？　アッパー系の、ドラッグだって。不法のクラブで使われるような、参加者を無理やり機嫌よく、して、トリップ状態に陥らせてしまうようなドラッグ」

今までの情報が、パチリと嵌《はま》る。

目には見えないジグソーパズルが完成していく。

「ドラッグを服用した人が、単なる砂や、普段通りの景色に、世界の真理を見た、とか言い出す話はいくらだってあるわ。だから、私も、実験したの。私の魔法、で」

魔法という響きは、なんて欺《ぎ》瞞《まん》的に響くのだろう。

「君が言う魔法ってのは」

「魔女は、魔法の薬をつくるって、相場が決まって、いるわ。レインボーそのものではないけど、お父様の温室なら、似たような効用をもたらす植物は、いくらでもあったもの。演劇部のみんながどこで摂取したかは、わかる、でしょう？」

「僕に振る舞わせたお茶か……」

なるほど、それなら、いずれ魔法は解けてしまう。

最低限はできていたにせよ、くのりの演技がずば抜けていたわけじゃない。ドラッグによって誘導された、ツクリモノの感動だったのだ。

同様に、柊いそらのそれも演技力や表現力の下地はあったにせよ、けして天才と言い切れるようなものではなかったとしたら？

（閑也さんの差し出したカフカは……）

あれは、ヒントどころか、ほとんど真実そのものだった。

つまり、腐った野菜や不味《まず》いチーズはそのままで、受け取る側である観客の感想が、ドラッグによって変わってしまったのだという話。

ゾクゾク、と背筋に悪寒《おかん》が走る。

自分だって見たじゃないか。

赤い靴がひとりでに動いているだけで、柊いそらが踊っていると倉野が錯覚したあれが、まさしくドラッグと物語による作用だとしたら？

灰村も、似たことを言っていたではないか。

――『イジメから立ち直ったスタアってのは、いかにもだろ』

まさしく、いかにもだった。

本人の演技力や表現力という下地はあったにせよ、彼女は海蘭高校において極めて高い評価を得るようになった。それは、ドラッグを飲まされた学校の観客たちが彼女の物語《ストーリー》を共有したからだ。

「……感動という、物語《ウソ》ね」

と、くのりが言う。

「私たちの感動すら、絶対の真実では、ありえない。ドラッグも物語も、こんな風に、私たちの脳内で美として、結晶してしまう」

「柊いそらが、死の直前ごめんなさいって繰り返していたのは……」

「飲んでしまったのは、当たりのトリカブトだったとしても、そもそも危険性のあるドラッグだと考えていたの、でしょう？　だったら、みんなをドラッグに巻き込んでしまった、ことにも、気づいていたはず」

くのりが断言する。

胃の底が、氷でも飲み込んだように冷たかった。

確かにそれなら、あれほどに謝罪を繰り返すだろう。なれなかったと嘆くだろう。

自分はニセモノだったと叫ぶだろう。

死者の懺悔《ざんげ》は、ただひたすらに切実だった。

「同様に、倉野麦絵が自殺しようとした、理由も、これでしょう。彼女はドラッグというウソに、気付いていたもの」

「ひとつ、誤解がありますね」

と、楷樹先生が言葉を添える。

「レインボーは、演劇部と観客だけに飲ませたわけじゃないです。それだけだと、学校中に噂《うわさ》を広めるのは難しいですから」

その意味を理解するのに、呼吸一つ必要だった。

目を剝《む》いた僕をよそに、くのりが改めて言う。

「学食のおばさんが、料理について楷樹先生からアドバイスをもらったりする、とも言ってた、わね」

「はい」

と、先生がうなずいた。

「じゃあ、学食に……！」

「様子を見ながら、たまに混入させた程度ですけどね。むしろ、そちらが先なんです。

僕には味覚がないから、感想とサンプルはなるべく多く欲しかったですし、最初に演劇部から始めると足がつきやすいでしょう？」

楷樹先生のドラッグに巻き込まれたのは、学校のすべてであったのだ。

教師も生徒も、そのほかの職員たちも、誰もがこの教師によって観察されていた。

神、そらに知ろしめす。

すべて世は事も無し。

「もうひとつ付け加えると、ドラッグによる高揚は、演技自体にも影響を与えてましたよ。結果として、実際に演劇部のレベルがあがってたんです。だから、大会でも勝ち残ったわけで」

「…………」

僕もくのりも、沈黙してしまう。

別に、それが目的だったわけでもないだろう。

単なる副産物だ。観客に物語ができたことで、実際の役者たちにも影響した。優勝するほどではないにせよ、大会で勝ち残る効果はあったという話。それも、柊いそらひとりではなく、ドラッグによってテンションを共有した結果かもしれない。

視線を持ち上げ、くのりが問う。

「どうして、そんな、ことを」

いいや。

くのりなら、本当はもう分かってるんじゃないか。

だって、それは……

「くのりさんは、死の味を求めているんですよね。そのために、たくさんの死を探している。違いますか？」

楷樹先生が言う。

そういえば、檻杖のことについて、先生は最初から知っていた節があった。きちんと隠していることでもない。荒唐無《こうとうむ》稽《けい》な話だけに、すぐさま信じられるようなものではないが、調べること自体は容易《たやす》かっただろう。

「僕も似たようなものです。他人の感動を知りたいんです」

楷樹先生が、続ける。

柊いそらに目をつけた理由。

「感動をつくりたかった。感動する人々の気持ちを採集したかった」

「たくさんのサンプルを集めることで、やっとあなたは、他人の表情を模倣できた、から」

くのりが言う。

「柊いそらは、そのために都合のいい材料、だった。彼女の演技には自分がなくて、倉野麦絵のコピーに過ぎなかった、から、あなたにとって弄《いじ》り回しやすい相手に見えたの、でしょう」

「ああ、その通りです。何ひとつ間違っていません。良かった」

良かった、ともう一度、彼は言った。

ぺろり、とその唇を舌が舐《な》めずった。

「やっぱり檻杖さんには分かるんですね。あなたも、普段の食事は味が薄いんじゃないですか。死に飢えているっていうのは、ほかでは得られない味わいこそが、あなたを惹《ひ》きつけているからじゃないですか？」

そして、たおやかな手が、こちらに伸びたのだ。

同時に、僕は過《あやま》ちに気づいた。

僕はもちろん、くのりも分かっていなかったこと。

（ダメだ――――！）

言わせてはいけない。

次の言葉は、くのりにとって致命的すぎる。

だけど、そんな思考よりも早く、楷樹先生の舌はこう続けたのである。

「僕と一緒に行きませんか」

くのりの呼吸が止まった。

このために、楷樹先生は残っていたのだ。犯人として逃げる必要などなかった。犯行などいくら暴《あば》かれたところで、何の問題もなかった。

いや、むしろ逆だ。

暴いてほしかったのだ。

自分の犯行を暴いてくれる――自分の思想を理解してくれる相手を、楷樹先生は求めていた。そして、のこのこと、僕とくのりはその罠《わな》に足を踏み入れてしまった。

楷樹先生は、くのりを誘うためだけに、ここにいたのだ。

ただ一対の同類として。ほかの誰にも理解できない情動を共有できるパートナーとして。あるいは長い時間を過ごすための伴侶《はんりょ》として。

「いかがですか。あなたはきっと僕を理解してくれる。僕も、多分あなたを理解してあげられます」

今度こそ、ウソはない。

楷樹先生の言葉は、あまりにも魅力的に、あまりにも蠱惑《こわく》的にくのりの心臓を握りしめてしまう。

「……違、う」

くのりがかぶりを振る。

いつもより、その仕草は弱々しい。

一歩、後ずさる。彼女の姿は、けして犯人を追い詰めている探偵などではない。赤い靴に魅了されてしまった少女のように、くのりは視線を外せない。その靴を履いたら、死ぬまで踊り明かさねばならないと分かっていても、なお誘惑は強烈だった。

そのすべてを分かって、楷樹が尋ねる。

「何が違うんですか？」

「違う」

視線が、動く。

否定したのは、くのりではなく、その隣の僕だったからだ。

「あなたは、くのりと違う」

そんなことを、僕は言っていた。

楷樹とくのりの困惑も構わず、お前なんかお門違いだろうという空気も無視して、口から勝手に台詞《セリフ》が溢《あふ》れてしまう。

「あなたが、そんな保証をしてくださるんですか？」

楷樹が、問う。

「でも、あなたは、彼女が人を殺すかもしれないと、思ったことはないですか」

「思ったどころか、僕は何度も殺されかけてますよ」

記憶を反芻して、僕は顔を撫でた。

眼球を舐められた感触を、忘れられるわけがない。

「それでも、僕は殺されなかった。今まで、くのりが自分から事件を起こしたことなんかない」

ひどく、細い糸だ。

ほんの少し足を動かせば、簡単に踏み越えてしまう一線。

だけど、確かに、そこに区切りはあるのだ。踏み越えそうな者と、踏み越えてしまった者の、どうしようもない違いはあるのだ。

あるのだと決めて、僕は吼《ほ》えるのだ。

「いつかその一線を踏み越えてしまうとしても、それは今じゃない。この夜じゃない。お前とくのりは、一緒なんかじゃない！」

息が苦しい。

心臓が破裂しそうに鳴っている。

生徒へ自殺を促し、学校中に危険なドラッグを撒《ま》き散らした異常者と向かい合っていることより、僕にとってはその事実の方がよほど大事だった。たとえ、その発言ゆえに殺されたとしても、けしてゆるがせにできないことだった。

鳩尾《みぞおち》のあたりでぎゅっと握りしめた拳《こぶし》に、誰かの体温が寄り添った。

「私が踊るのを、やめられなく、なったら、拓海は、私の足を切って、くれるの」

そんなことを、嬉しそうに言われても困る。

だけど、今だけは心強かった。

すう、と楷樹の手が下ろされたのだ。

「どうやら振られてしまったらしい」

教師は、肩をすくめた。つい数秒前まで命を掛けて対立していた僕が、うっかり同情してしまいそうなぐらい、寂しそうな横顔をしていた。

ついで、複数の足音が、廊下から聞こえてきたのだ。

「警察でしょう」

と、楷樹がくのりの懐《ふところ》を指さした。

「そこのスマートフォン、ずっと通信してるんでしょう？　僕が口にした録音を使えば、それを理由に引っ張れますからね。盗聴で公判を維持するのは難しいですが、一度引っ張ってしまえば、海蘭に踏み込んで別の証拠を探し出せるかもしれない」

聞いてなかったので、思わずくのりを見返してしまう。

小さくうなずかれたあたり、本当に僕は蚊帳《かや》の外だったらしい。事件の真相にせよ、楷樹を追い詰める段取りにせよ、よくもここまで知らされずにいたものだ。もちろん、うっかり僕に教えた結果、表情やら何やらで見抜かれた可能性もあるから、怒ることもできないのだが。

「ですので、ここでお別れと行きましょう。皆さんのお手を煩《わずら》わせるわけにもいきませんから」

窓の近くへと、楷樹が歩み寄った。

外は崖になっている。

月光に、楷樹がそっと目を細めた。

そのまま、ガラッと窓を引き開け、長身の人影が飛び降りたのだ。

「楷樹先生――！」

つい、叫んでいた。

すぐに駆け寄ったが、斜めに植わった樹木しか見えなかった。

刑事の斑尾が理科室に飛び込んできたとき、そこには夜風が素知らぬ顔で舞い込んでいるばかりであった。

＊

「ちっ、こんなの飛び降りたら、無事じゃすまないでしょうに！」

スマートフォンからの通信でおおよその事情は察していたらしく、窓から崖を見下ろした斑尾は、すぐさま身を翻《ひるがえ》す。

「すぐ捜索に入ります！　おふたりの事情聴取は後でしますから！」

ぶつけるような指示とともに、僕とくのりだけが理科室に残された。

ひどく、身体《からだ》が冷たかった。

あんなに昂《たか》ぶっていた心臓は鳴り止《や》み、ほんの数分ほど前のやりとりは、何もかも嘘《うそ》だったかのよう。それこそ舞台上だけに再現された演劇の世界みたいに遠く思えた。

不意に、くのりが寄りかかった。

一緒に倒れてしまいそうになり、あわてて踏ん張る。ここで倒れてしまったら、あまりにも格好がつくまい。

僕よりもよほど冷たい体温で、

「生きて、るわ」

と、くのりが断言した。

「きっと、生きてる。私を連れていくために、崖に準備していたん、だろうから」

僕も、そうだろうと思う。

逃げる自信があるからこそ、ギリギリまで残っていた。

それに、あの男は、自分が捕まっても問題にしないだろうが、自分の誘いに乗ったくのりを置き去りにすることはけしてしないだろうと思えた。

「くのり」

声をかけようとしたところで、それより早く、向こうがこちらを覗《のぞ》き込んでいた。

夜の闇《やみ》よりも、彼女の瞳《ひとみ》はなお黒かった。恐ろしいと思うより、美しいと思ってしまったのは、僕の感性もあのお茶にやられていたからかもしれない。

「約束した、からね。拓海」

と、くのりが僕の腕を掴《つか》む。

頬に触れる吐息が、くすぐったいぐらいの距離。

「私が赤い靴を履いて、しまったら、あなたが、私の足を切るんだって」

それだけを伝えると、くのりの頭がかくんと落ちた。

耐えきれず、今度こそ尻《しり》もちをついてしまったが、多分彼女は気にしなかったろう。

幼い子どものようにすやすやと、死者の声を味わい尽くした魔女は、僕の腕の中で眠ってしまっていたのだった。

第三話 いつか魔女は

——助けてほしいけれど、助けてほしくなかったから。

一

一ヶ月ほどが経《た》って、季節はもう冬へと移っていた。

この土地では、かなり早くから雪が降る。

ドカ降りというほどではないにせよ、結構な量の雪を、毎年見ることになっていた。場合によっては雪かきにも出動させられていたので、小学校以来の習慣が復活するかと思うと、いささか憂鬱《ゆううつ》でもある。そういえば、十万以上の人間が住む都市での降雪量は、トップ3までを日本が独占しているらしい。もっと寒い地域などいくらでもあると思うのだけど、日本人の辛抱強さというのは馬鹿にならないのかもしれない。

そんな季節の夕暮れに、僕とくのりは隣町を出歩いていた。

ようやく、落ち着いてきた頃合いでもあった。なにが落ち着いてきたか、と言われるとちょっと答えにくいのだけど、それでも日常らしい雰囲気に、僕もくのりも馴染《なじ》んできたのだった。

街のあちこちが、ハロウィンからクリスマスに鞍替《くらが》えしている。

魔女のお祭りから、聖なる祝祭への移動。ごった煮と呆《あき》れるべきか節操がないと責めるべきか、はたまたお祭り好きな国民性を誉《ほ》めるべきかはよく分からない。いずれにせよ、この手のイベント自体に馴染めない僕たちには、論評する資格もないだろう。

それでも、ふわふわした空気は嫌いじゃなかった。

誰もの踵《かかと》が数ミリ浮き上がってるような、鼻歌でも聞こえてきそうな雰囲気に浸っていると、少なくとも、これまで何もかもは間違わなかったんじゃないかと、そんな気分でいられるから。

くのりが、どうかは分からない。

閑也《しずや》さんに頼まれた買い物をトートバッグごと僕に預けたまま、長い髪の少女は無表情に隣を歩いている。何事もないと、ついその髪に目がいってしまう。徐々に白く染まりつつある世界の中で、その髪の色だけが変化を拒絶しているようでもあった。

それはとても、彼女に相応《ふさわ》しく思えて。

不意に、向こう側の道路をジョギングしていた相手が止まった。

「あれ、薊《あざみ》」

僕らが先に気づかなかったことは、勘弁してほしい。ここしばらく、海蘭での合同授業もあって顔を合わせていなかったのだ。

向こうにとっても意外な鉢合わせだったのか、注意深く車を見てから、ひょいとガードレールを乗り越えて、こちらに近寄ってきた。

「……七尾《ななお》先輩」

「よう。お前ら、なんでここに？」

「買い物で。先輩は？」

「見ての通り、部活だよ。引退後だけど後輩への指導は続けてるんだ。今日は現地解散だから、ついでに駅までランニング」

スポーツバッグを持ち上げて、七尾先輩が言う。後輩も連れず、ひとりで駆けていたあたり、この人は本当に走るのが好きなんだろうと思う。

くのりが、かすかに唇をほころばせた。

「まだ走って、た、のね」

「それぐらいしか能がないからな」

白い歯を覗《のぞ》かせた先輩が、今度は少し神妙な顔になって、頭を掻《か》く。

「あのさ。荷稲《かいな》の弟さんのことは、母親が認知症で混乱してたから、ということで処理する方向になったんだとさ」

「……あ、なるほど」

認知症というのを逆用したわけか。

無論、学校にも登校してなかったのだから、いろいろ苦しいが、そこは生前の弟と同じく引きこもりになっていたとかで、誤魔化したのだろう。

いかにも、閑也さんがやりそうな手口ではあった。

本人いわく、その場しのぎと辻褄《つじつま》合わせならお手の物、だそうだ。

同時に、そこだけは自分も似てるかもしれない、と思っていた。根本的な解決など遥《はる》か遠く、当座の取り繕いしか考えてないという意味で。

「あの母親も危なかったんだ。檻杖《おりづえ》さんの口を借りて――弟さんが残したとおりだ。死んでしまう、ギリギリだったんだ」

視線を、舗装された道に落として、七尾先輩が言う。

「ギリギリで、共倒れにならなかったと思う」

しみじみとした口調だった。

今どき、介護の共倒れなんて、毎日のようにニュースで聞く話だ。でも、その本当の辛《つら》さは味わったものでなければ分からないだろう。

「親父さんのおかげだと思う。感謝する。ありがとう！」

「私はなにも、していない、わ」

無表情で、くのりが答える。

こんなとき、軽く会釈《えしゃく》でもできるようなら、社会性の問題も大幅に改善したと言えるだろうに。

「いいや、薊と檻杖さんがしてくれたんだ」

と、七尾先輩は粘った。

「君らがいなければ、こういう結果にならなかった。俺は後悔したままだったろうし、荷稲はまだ弟の身代わりで引きこもっていたかもしれない。だから、本当にありがとうな！」

両手を合わせて、拝むように先輩が言う。

別のことを、くのりは尋ねた。

「卒業、しても、走るの？」

「走るよ」

答えは短かった。

しかし、だからこそ、伝わるものもある。それこそ一連の事件を通して、七尾先輩が得たものに違いなかった。

「そう」

少しだけ、くのりのうなずきも嬉《うれ》しそうだった。

「荷稲さんは？」

「また引きこもりやがったら、俺が引きずり出すよ」

快活に笑って、七尾先輩が腕を曲げた。ランナーの肉の付き方だと力こぶなんかはできないのだが、それでもニュアンスは伝わった。

もう少し言葉を交わしてから走り去った七尾先輩を見送って、くのりが口を開く。

「綿飴《わたあめ》みたい、だった、わね」

「何のこと？」

「あの人の、死の味。口でさっと、溶けて、しまって」

引きこもっていた荷稲修《おさむ》の弟——荷稲悟《さとる》。

七尾先輩と、三人で橋の下を走っていたランナー。引きこもりのまま苦しんで、時々兄と入れ替わって、しかし取り残されてしまった少年は、もうこの世に未練も無くなっていたのだろうか。

それでも最後まで残ったのが母親への想《おも》いだったとしたら、はたして救いなんだろうか。それとも……

「…………」

しばらく、僕もくのりも黙ったまま、歩き続けた。

足音も消えていくようだ。

小さな街にたくさんの光と音楽が溢《あふ》れて、それさえも遠い。

どちらも無言で、その無言が息苦しくて、だけどずっとそのまま苦しんでいたいような心持ちでもあった。

まるで、破裂寸前の風船だ。

ほんの少し引っ掻いたら、何もかもが台無しになってしまいそう。なのに、鼓動ばかりがどんどん強くなって、惰性で逃げ続けることを許してくれない。自分の中がどんどんいっぱいになって、今にも爆発してしまいそう。

目の裏まで、ズキズキと痛い。

唇を嚙《か》んで、ひとつ深呼吸して、

「あの、くのり」

言いかけたときだった。

不意に、くのりから、口を開いたのだ。

「拓海《たくみ》。アイスが、欲し、い」

思いがけない主張に、僕は瞬《まばた》きした。

「雪が降ってるのに？」

「今すぐ、欲しいの」

視線は落としたままで、彼女の瞳《ひとみ》は僕を映さない。

「分かった。じゃあ荷物だけ持ってて。お嬢様」

トートバッグを押し付けると、近場のコンビニに僕は走っていった。

二

ため息ひとつで走り出した拓海の背を、私はじっと見ていた。

唇のあたりに、触れてみる。

こんなときぐらい笑えたらいいのに、とは私も思うのだ。

降りしきる雪に、切実に願った。このまま真っ白に埋もれて、面倒な私のエゴなんて消えてしまえばいい。いつも途切れがちで、勢いで喋《しゃべ》れない私の口も、何もかも見えなくしてほしい。

小さく、歓声が聞こえた。

近くの通りはちょっとした広場になっていて、よくパフォーマンスに用いられているのだ。

どうやらジャグリングをやっていたピエロが、最後の技を終えて、一礼したところらしかった。店じまいということで、三々五々と人々が散っていく。大道芸人としてはよほど巧みだったのか、離れていく親子やカップルが、皆眩《まぶ》しいぐらいの笑顔だったのが印象的だった。

だから、つられて自分もピエロを見てしまったのだ。

途端、硬直した。分厚い化粧とツヤツヤの赤い付け鼻に隠されていたが、その顔立ちには見覚えがあったからだ。

「……あなた、は」

雪が降っている。

雪が降っている。

雪が降っている。

ビルも道路も、真っ白だ。

観衆たちは去っていき、嬉しそうに、彼ひとりが笑っている。

「やあ、くのりさん」

まるで、十年来の旧友のように、ピエロが優しく言った。

楷樹蒼一郎《かいじゆそういちろう》が。

「…………」

ひとつ、深呼吸する。

まだ拓海が戻ってくる気配がないのを確認しつつ、問いかける。

「楷樹、は、本当にあなたの、名前？」

「おや」

と、ピエロは首を傾《かし》げた。

「閑也さんが調べて、くれたの。戸籍にある楷樹蒼一郎は、まるで別人、だって。中学生当時の健康診断の、結果も手に入れたけれど、嗅覚《きゆうかく》や味覚異常なんて、話はなかった、と」

その話を聞いたとき、私は驚愕《きようがく》するよりも納得してしまった。

彼ならば、そんな透明さがピッタリだ。教師なんて立場を選んだのは、単にサンプルがたくさん見られるから、というそれだけの理由ではなかったろうか。

「あなたは何度も、柊《ひいらぎ》いそらや、倉野《くらの》麦絵《むぎえ》にやったような、洗脳をして、自分の戸籍も鞍替えしてきたんじゃ、ないの？」

「はは」

　ピエロが笑う。

「まあ、ややこしいから、とりあえず楷樹蒼一郎でいいでしょう。こんなものは飾りのようなものですし」

　否定も肯定もせず、ピエロが言った。

「僕も、ひとつ確認したかったことがあって」

「答えるなんて、言ってない、わ」

「くのりさんがいつも途切れがちな口調なのは、自分が食べた人の記憶と混じってないか、いつも検証しているからですね？」

「…………っ」

　突然、ナイフで脇腹《わきばら》を刺された気分だった。

　即死ではないが致命傷。きっと、これから何度も思い出してしまう。

　やっぱり、そうだ。

　この人は、私を理解しすぎる。

　この人を、私は理解しすぎる。

放っておけば、一対の磁石みたいに寄り添ってしまう。

「あくまで想像ですが、人の死を味わうってそういうことでしょう。普通の人間だって、親しい誰かが死ねば、その死に引きずられてしまう。君はその死を自分の脳で再現するわけだから、何度も繰り返せば、いずれ自分の記憶がどれだったか分からなくなるほど混濁するはずだ」

その通りだ。

だから、私はいずれ壊れる。

母さんが六度の眠りで壊れたように、私もきっと同じ数で。

「だから、僕は」

そこで一拍おいて、彼は笑った。

こんなに優しい笑顔を、私は見たことがなかった。こんなに温かな言葉を、私は聞いたことがなかった。こんなに誰かのことを想っている人を、私は知りたくなかった。

雪のように純粋なまま、ピエロは言う。

「君を、助けてしまおうと思う」

三

「アイス、買ってきたよ」

呼ばれて、はっ、と私は目を覚ました。

あわてて見回したが、楷樹の姿は消えていた。

ひょっとしたら、白昼夢だったのかもしれない。彼のことを恐れていた自分が見せた、つかのまの幻影だったのかもしれない。

（……いいえ）

それこそ、願望だろう。

悪魔との邂逅《かいこう》を無かったことにしたい、愚かな私の祈りに違いない。赤い靴を勧められてしまったら、きっと履いてしまうほどに情けない私の。

「くのり、どうかした」

異常を感じたのか、少し硬くなった拓海の問いかけに、私は視線をあげた。

「拓海、お願いがあるの」

「まさか、アイスの追加じゃないだろうね」

彼の唇から、白い息がこぼれている。

アイスのために走ってくれたのだろう頬が上気して、閉じ込めてしまいたいぐらいの綺《き》麗《れい》な色合いだ。

その頬に触れて、私は願った。

「私を、助けないで、ね」

＊

その言葉に、僕はどう答えるべきだっただろう。

ただ、彼女が必死なことだけは嫌でも伝わった。この土地に戻ってきてから、彼女が必死じゃなかったことなんて一度もなかった気はするけれど、それでもこの時は特別だった。

「足を切ってと言ったり、助けないでと言ったり、注文が多いな」

「全部よ、そんな、の」

「わがままだ」

「わがまま、なの」

頬に触れた指が冷たい。

こんなに冷たいのに、僕の心臓ばかりが熱くなる。

だって君が、今にも死んでしまいそうで。僕の魅入られてしまった死に、近づいていくようで。

「分かった。代わりに、こっちのお願いも聞いてほしい」

と、口にする。

まだ一線を越えていない君に。

これから、何度となくその誘惑にかられるだろう君に。

「アイスは、一緒に食べよう」

みるみる、君の目が丸くなった。

四

結局のところ、これは最悪の逃げ口上だ。

まともな相槌《あいづち》も返せなかった僕が、とりあえず手元の話題に走っただけ。穴があったら入りたくなるし、実際、くのりはすぐに吹き出したのだ。

口元を押さえて、大いに笑う彼女を見たのは、初めてではなかったろうか。

「そこまで笑わなくても」

憮然《ぶぜん》とした僕をおいて、数分も彼女は笑っていた。

それから、駅構内の暖かなあたりで、一緒にアイスを食べた。

暖かいところでも、さすがにぶるりと身体が震えるのを禁じ得なかった。

だけど、そのアイスの甘さを、僕は——

*

多分、彼は最悪の逃げ口上だと思っているだろう。

まともな答えも返せなくて、とりあえず手持ちの品を利用しただけだと。おかげで話は繋《つな》がってないし、私もあまりのことに笑い出してしまった。あんなに笑ってしまったのは何年ぶりか分からないので、責任を取ってほしいと思う。

（……でも）

確かに、救われたのだ。

ずっと悩んでいた死への飢えも、いつか私が踏み外してしまうだろう一線も、他人にとってはその程度なんだと、打ち明けてもらえたようだったから。

だから、そのアイスの甘さを、私は——

*

——きっといつか、恋のように思い出す。

本書は新潮文庫のために書き下ろされた。

三田誠著

魔女推理
―嘘つき魔女が6度死ぬ―

記憶を失った少女。川で溺れた子ども。教会で起きた不審死。三つの死、それは「魔法」か「殺人」か。真実を知るのは「魔女」のみ。

阿川佐和子著

魔女のスープ
―残るは食欲―

あらゆる残り物を煮込んで出来た、世にも怪しい液体――アガワ流「魔女のスープ」。愛を忘れて食に走る、人気作家のおいしい日常。

梨木香歩著

西の魔女が死んだ

学校に足が向かなくなった少女が、大好きな祖母から受けた魔女の手ほどき。何事も自分で決めるのが、魔女修行の肝心かなめで……。

米原万里著

魔女の1ダース
―正義と常識に冷や水を浴びせる13章―
講談社エッセイ賞受賞

魔女の世界では、「13」が1ダース!? そう、世界には我々の知らない「常識」があるんです。知的興奮と笑いに満ちた異文化エッセイ。

七月隆文著

ケーキ王子の名推理《スペシャリテ》

ドSのパティシエ男子&ケーキ大好き失恋女子が、他人の恋やトラブルもお菓子の知識で鮮やか解決! 胸きゅん青春スペシャリテ。

森晶麿著

チーズ屋マージュのとろける推理

東京、神楽坂のチーズ料理専門店。お客の悩みを最高の一皿で解決します。イケメンシェフとワケアリ店員の極上のグルメミステリ。

片岡　翔著

ひとでちゃんに殺される

怪死事件の相次ぐ呪われた教室に謎の転校生「縦島ひとで」がやって来た。悪魔のように美しい彼女の正体は!?　学園サスペンスホラー。

加藤千恵著

マッチング！

30歳の彼氏ナシＯＬ、琴実。妹にすすめられアプリをはじめてみたけれど——。あるあるが満載！　共感必至のマッチングアプリ小説。

賀十つばさ著

雑草姫のレストラン

タンポポのピッツァ、山ウドの天ぷら、よもぎのアイス……八ヶ岳の麓に暮らす姉妹の草花ごはんを召し上がれ。癒しのグルメ小説。

喜友名トト著

だってバズりたいじゃないですか

恋人の死は、意図せず「感動の実話」として映画化され、〝バズった〟……切なさとエモさが止められない、ＳＮＳ時代の青春小説！

河野　裕著

さよならの言い方なんて知らない。

あなたは架見崎の住民になる権利を得ました。一通の奇妙な手紙から始まる、死と隣り合わせの青春劇。「架見崎」シリーズ、開幕。

紺野天龍著

幽世《かくりよ》の薬剤師

薬剤師・空洞淵《うろぶち》霧瑚《きりこ》はある日、「幽世」に迷いこむ。そこでは謎の病が蔓延しており……。現役薬剤師が描く異世界×医療ミステリー！

新潮文庫最新刊

角田光代・青木祐子
清水朔・友井羊
額賀澪・織守きょうや著

今夜は、鍋。
―温かな食卓を囲む7つの物語―

美味しいお鍋で、読めば心も体もぽっかぽか。大切な人たちと鍋を囲むひとときを描く珠玉の7篇。〝読む絶品鍋〟を、さあ召し上がれ。

P・オースター
柴田元幸訳

冬の日誌／内面からの報告書

人生の冬にさしかかった著者が、身体と精神の古層を掘り起こし、自らに、あるいは読者に語りかけるように綴った幻想的な回想録。

C・R・ハワード
髙山祥子訳

ナッシング・マン

連続殺人犯逮捕への執念で綴られた一冊の本が、犯人をあぶり出す！ 作中作と凶悪犯の視点から描かれる、圧巻の報復サスペンス。

清水克行著

室町は今日もハードボイルド
―日本中世のアナーキーな世界―

日本人は昔から温和は嘘。武士を呪い殺す僧侶、不倫相手を襲撃する女。「日本人像」を覆す、痛快・日本史エンタメ、増補完全版。

加藤秀俊著

九十歳のラブレター

ぼくとあなた。つい昨日まであんなに仲良くしていたのに、もうあなたはどこにもいない。老碩学が慟哭を抑えて綴る最後のラブレター。

望月諒子著

大絵画展
日本ミステリー文学大賞新人賞受賞

180億円で落札されたゴッホ『医師ガシェの肖像』。膨大な借金を負った荘介と茜は、絵画強奪を持ちかけられ……傑作美術ミステリー。

デザイン　川谷康久（川谷デザイン）

魔《ま》女《じょ》推《すい》理《り》

きっといつか、恋のように思い出す

新潮文庫　さ－95－2

令和六年一月一日発行

著者　三《さん》田《だ》誠《まこと》

発行者　佐藤隆信

発行所　株式会社新潮社

郵便番号　一六二―八七一一
東京都新宿区矢来町七一
電話　編集部(〇三)三二六六―五四四〇
　　　読者係(〇三)三二六六―五一一一
https://www.shinchosha.co.jp

価格はカバーに表示してあります。

乱丁・落丁本は、ご面倒ですが小社読者係宛ご送付ください。送料小社負担にてお取替えいたします。

印刷・錦明印刷株式会社　製本・錦明印刷株式会社

ISBN978-4-10-180278-7　C0193